瑶華集

张坤元古诗词集

张坤元 著

作家出版社

夫天地者萬物之逆旅光陰者百代之過客而浮
生若夢為歡幾何古人秉燭夜遊良有以也況陽
春召我以烟景大塊假我以文章會桃李之芳園
序天倫之樂事群季俊秀皆為惠連吾人詠歌
獨慚康樂幽賞未已高談轉清開瓊筵以坐花飛
羽觴而醉月不有佳作何伸雅懷如詩不成罰依
金谷酒數 唐李白春夜宴諸從弟桃李園序
戊戌暑月商都張坤元書於黄河南岸

作者张坤元书法作品

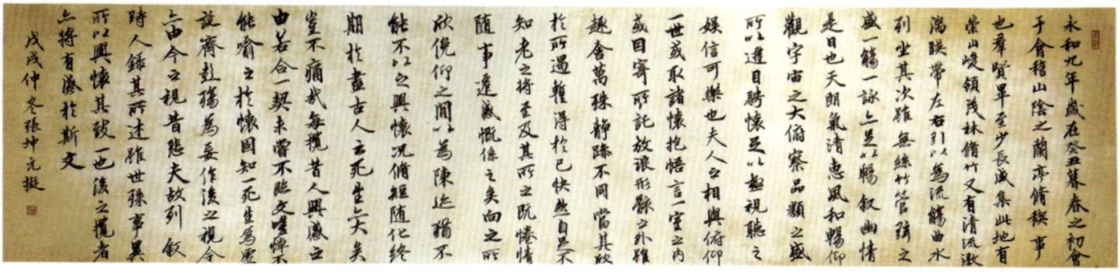

目　录

序一：一代风华看少年 ……1
序二：谢家梦在池塘间 ……6
自　序 ……9

癸巳年（2014年　10岁）

暮春幻景 ……3
月夜 ……4
咏白芙蓉 ……5
杏花天影（抛红豆望天涯路） ……6
谒金门（自爱怜） ……7
唐多令（午梦迷笛幽） ……8
卖花声 静夜 ……9
秋 ……10
凭栏人 送春 ……11

春 ……………………………………12
月 ……………………………………13
月夜 …………………………………14
夜思 …………………………………15
秋夜 …………………………………16
秋 ……………………………………17
幽夜 …………………………………18
梦幻 …………………………………19
江 ……………………………………20
用《红楼梦·咏白海棠》韵 ……………21
鹧鸪天（池塘日晓梦惊空） …………23
鹧鸪天（韶光休怪转首空） …………24
春 ……………………………………25
冬 ……………………………………26
鹧鸪天 秋 ……………………………27
无题 …………………………………28
离亭燕（草黄衰野天涯） ……………29

月夜 ……………………………………………30
捣练子（杵声齐） ………………………………31
临江仙（飞花千点逐逝水） ……………………32
梅花 ……………………………………………33
兰 ………………………………………………34
竹 ………………………………………………35
咏菊 ……………………………………………36
夏日 ……………………………………………37
咏红牡丹 ………………………………………38
柳 ………………………………………………39
雪 ………………………………………………40
松 ………………………………………………41
梅 ………………………………………………42

甲午年（2015年　11岁）

题林黛玉 ………………………………………45

题贯宝玉 ······46
春 ······47
秋 ······48
秋雁 ······49
台城路 柳 ······50
柳絮 ······51
秋柳 ······52
花 ······53
桂 ······54
咏燕 ······55
月 ······56

乙未年（2016年 12岁）

无题 ······59
菩萨蛮（长笛吹彻关山月） ······60
秋月篇 ······61

夕阳 ……………………………………………………63
明月 ……………………………………………………64
沁园春 雁 ……………………………………………66
台城路 秋柳 …………………………………………67
鹧鸪天（万里西风入夜深） …………………………68
忆江南（空谷寂） ……………………………………69
秋思 ……………………………………………………70
虞美人 春闺怨 ………………………………………72
虞美人 秋闺怨 ………………………………………73
沁园春 塞上 …………………………………………74
菩萨蛮（堪叹韶华东逝水） …………………………75
春 ………………………………………………………76
塞上 ……………………………………………………77
沁园春（芳草西洲） …………………………………78
秋 ………………………………………………………79
沁园春（梧桐院里） …………………………………80
人间四季 ………………………………………………81

丙申年（2017年　13岁）

沁园春（赤日黄埃）……………………87

偶成二首……………………88

木兰花慢 杂感……………………89

水调歌头（月明如有意）……………………90

昔年……………………91

江上……………………92

咏柳……………………93

听筝……………………94

王昭君……………………95

菩萨蛮（玉藕香残秋已暮）……………………96

虞美人（闭尽长门春事了）……………………97

浣溪沙（西风拂叶晚萧萧）……………………98

谢道韫……………………99

怀古……………………100

夜月行……………………101

燕歌行 …………………………………………103
宛转篇 …………………………………………105
石城月 …………………………………………108
怨歌行 …………………………………………110
江南曲 …………………………………………111
江南女儿行 ……………………………………112
日落行 …………………………………………113
春怨篇 …………………………………………114
沁园春 对月 ……………………………………116
齐天乐（万里天涯春已去） …………………117
闻蝉作 …………………………………………118
咏白海棠 ………………………………………119
梅 ………………………………………………120
兰 ………………………………………………121
竹 ………………………………………………122
闲来无事写歌词 ………………………………123
秋望 ……………………………………………125

绝句 ……………………………………………126
鹧鸪天（芳草渌波合断魂） ……………………127
减字木兰花（杖鞋胜马） ………………………128
忆旧游（记蒹江愁思） …………………………129
菩萨蛮（箫声咽破秦楼月） ……………………130
菩萨蛮（风到江南江岸绿） ……………………131
风流子（秋风兮蝴蝴） …………………………132
踏莎行 清明 ……………………………………133
减字木兰花（汉家陵阙） ………………………134
鹧鸪天（人生能度几回秋） ……………………135
南乡子（苍烟锁戍楼） …………………………136
忆秦娥（鸣弦咽） ………………………………137
集句 ……………………………………………138
乌夜啼（当年曾觅封侯） ………………………139
采桑子（金谷铜台俱泯灭） ……………………140
水龙吟 杨花 ……………………………………141
行香子（何物销魂） ……………………………142

水调歌头（轩冕谁言贵） ……143
临江仙（风露凄凄城下路） ……144
漫成二首 ……145
绝句 ……146
春日 ……147
登山 ……148
漫成 ……149
秋夜 ……150
偶成 ……151
秋柳四首 ……152
漫成三首 ……154
浣溪沙 桂花 ……156
杂感 ……157
中秋 ……158
对月 ……161
秋至 ……162
古意 ……163

秋江辞 ……………………………………………164
调笑令 对桃花 ……………………………………165
少年游（十里斑骓空蹀躞） …………………166
蝶恋花（暮春桃李辞芳树） …………………167
更漏子（海纳川） ………………………………168
长志吟 ……………………………………………169
秋赋 ………………………………………………171
逢秋 ………………………………………………173
望海潮（烟霞易暮） ……………………………174
齐天乐 蝉…………………………………………175
念奴娇（悲歌抚剑） ……………………………176
贺新郎（种柳今如此） …………………………177
清平乐（人间日夜） ……………………………178
摸鱼儿 桃花………………………………………179
满江红（欻翕人生） ……………………………180
江城子（城上清秋倚断魂） …………………181
菩萨蛮 梅…………………………………………182

如梦令（城上清秋万里）……………………183
生查子（明月故多情）………………………184
水调歌头（我本红尘客）……………………185
八声甘州（望苍苍秋水隐芙蓉）……………186
水调歌头（汉家陵阙在）……………………187
遣怀………………………………………188
虞美人（姑苏台上乌啼晓）…………………189

丁酉年（2018年　14岁）

念奴娇（形眠神放）…………………………193
自君之出矣…………………………………194
菩萨蛮（层城一夜悲笳急）…………………196
暮春行………………………………………197
无题二首……………………………………199
春至…………………………………………200
明妃曲………………………………………201

杂诗（其一）……………………………202
杂诗（其二）……………………………203
杂诗（其三）……………………………204
咏怀……………………………………205
天上吟…………………………………206
浩歌……………………………………208

后记：为有源头活水来………………211

序一：一代风华看少年

张坤元是河南省实验中学的学生，今年才14岁，她的诗词集《瑶华集》即将出版，真可谓：江山代有才人出，一代风华看少年。

我详细地看了作者的200余首诗和作者撰写的自序，发现她的诗可分为三个时期：（一）2014年5月～2015年11月，是她从10岁～11岁所写的诗词。（二）2015年11月～2016年11月，基本上是她思考酝酿、争取再提高的时期。（三）2016年11月开始，又进入一个新时期，她的诗词从形式到内涵都有所改变和提升。

作者10岁～11岁的诗，表现了她敏锐的观察力和对美好事物的向往。她小时候读过很多书，已经成为她表达诗句意思的养分。她的诗句是经过凝练的，充满了唯美意识。譬如她在2014年写的《鹧鸪天·春》中写道，“侬借问，忍观红，邻家桃色可相同?”又如她在《梅》中写梅花“半向村桥半映溪”。《题林黛玉》中：“沉月潇湘听夜雨”“寒塘无处觅卿魂”。这些诗句优美传神，给人美的意境。

作者在诗中能娴熟用典，如《竹》中“睢园离离不觉午，淇水漎漎深处林”、《兰》中的“空谷佳人幽居处，楚辞一章如断肠”、《雪》中“柳花梨蕊俱耐冷，袁安舍外尚纷纷”等。这些典故随手拈来，运用自如。

有些诗句已经蕴含哲理，表现出对生命的思考。2015年《花》一诗中写道：“早知繁华从此尽，当初何必苦争春”；《题贾宝玉》中“作真为假反成误，由空见色复生情”。

一个10岁少年能有如此敏锐的观察力、独立思考能力，能够写出这样的诗句，实属不易。

2015年下半年至2016年几乎一年时间，作者经过思考、酝酿和调整，在深思熟虑且又大量阅读、认真研析的基础上加深了对古诗词的感悟和理解。

2016年11月以后，作者的诗词创作进入一个新的时期。再写出来的诗词更加凝练深邃，文辞优美，耐人品读，令人青睐，这也是从初创到提高的蜕变过程。

她已开始在诗中抒发自己的情感了。2017年，她在《中秋》一诗中写：“千里中秋夕，历历古今同。饼制团团月，人依翦翦风。卷掩华灯起，轩开浅汉横。只用乘兴发，何须待墨浓。”“长志托燕缶，微怨寄吴筝。沧洲堪笑傲，落笔看诗成。”诗中确实能感受到她乘兴而发的情感，

“落笔看诗成”的欣喜。据悉，这首诗在英国剑桥大学华人学者创办的《剑河风》杂志举行“中秋征文”中获得三等奖。

如《宛转篇》描写一位古代闺中女子对远戍边塞的丈夫的思念和惆怅哀怨之情。诗尾云：“瑶筝锦瑟近如何？自君出矣暗尘多。若将此恨托樽酒，弗如高咏献长歌。”这首诗表现出化惆怅为长歌的感情。《江南曲》《江南女儿行》是写江南女孩的俏丽与热情。

《暮春行》是一篇很出色的乐府诗。诗中有“低昂本因春色生，婆娑又为春风起”；又有“人去人来不可留，花落花开了未休。莫谓千秋本一瞬，暂将一瞬作千秋。也曾耿耿临风立，遥看江河万古流。北冥寥廓近于天，扶摇万里好图南”；“身后何人酹月明？眇眇为予生浩叹”。这些诗句充满着乐观向上的精神，也表现出一个少年的壮志情怀。

她的《天上吟》《浩歌》是“离骚体”，是对另外一种诗体的尝试和探索。“况我秋风客，百年长苦辛。”“揽明月以自鉴，集虹霓以为裳。缀星辰以华予，分云汉以成章。”“溘高驰以安翔兮，抚彗星于穹窿。邈吾道其多艰兮，将求索以经营。竦长铗以敌天狼兮，彼其终不可乎吾凌。余既携桂醑之郁烈兮，又援北斗以为兕觥。恐天时之代序兮，命羲和以倒行。”这些诗句神思飞扬、浪漫瑰丽，这正是楚辞遗风。

作者自序用文言体写成，写她对诗词的感悟，也叙述了她写诗过程，描述了她是怎样从“赋风花雪月，鸟虫草木”，“以鉴以摹，以求以索”，又曾怎样陷入“蹈故辙，应旧律，非物不咏，非物不赋，律诗纷沓，终不见奇。时有所虑，念之迷烦”之中，生出自己是否“江郎彩笔，今当见还”的疑虑。当她经过一段时间内的迷惘，在写作过程中逐渐成长，对自己的诗“点窜涂改，增而复删，更而复易，回还往复，如是不休”。从这些词句中，可以看出她对艺术的执着追求：“文艺千古事，吾自当勉之。”

作者记忆超常、聪颖早慧、悟性敏锐、勤奋好学、富于观察、善于思考。《瑶华集》展现了她的才华。

《瑶华集》是作者从童年到少年的诗词集，也是她一步一个脚印地成长轨迹，她诗中表现出的正是“童子功”的特征。近年来，我国传统文化的复兴得到重视，诗词歌赋得到进一步传承，古诗更加受到人们喜爱。坤元虽然还是一株幼苗，但已充满生机，为我国诗词的繁荣增加一抹亮丽的绿色，实在值得期待！我衷心地希望坤元戒骄戒躁、谦虚谨慎，在此基础上继续努力，更上一层楼，在未来的文坛上显示出自己的光彩和辉煌，为我国诗词的传承做出新的贡献。

樊希安[1]

2019年2月22日于北京寓所

---

① 樊希安先生为诗人、作家，生活·读书·新知三联书店原总编辑，现为国务院参事。

序二：谢家梦在池塘间[①]

—— 读张坤元《瑶华集》

年味渐淡，春意转浓。张坤元诗词问鼎京华，如白乐天先生初入长安，始者“居大不易”，继则“春风吹又生”也。坤元才14岁，得到作家出版社的支持，为之出版《瑶华集》，实足令人感佩，真是可喜可贺。

我得以识坤元，缘于她在2014年6月河南大学《信陵诗刊》31辑发表的“新人发现”专栏的15首诗，吾友文渊又发现《开封日报》发表张坤元咏雪诗二首，对咏雪诗嘉许者再三。吾笑曰：作者乃十岁女童也。始大奇，继则疑之。吾以《信陵诗刊》示之，乃信然。

后，吾询之河大诗友，张坤元者谁家子弟，能得一见否？

2015年五一假末一日，蒙李学文兄之牵线，孙学士兄之邀约，坤元小友及其父母、外祖外婆，终获一晤。是时，座间尚有袁先生希生、陈先生默、学士夫人吾之学妹

---

① 本书作者2015年1月《春》中诗句。

韩女士萍，暨吾之乡党柳先生。

小坤元玉影婷婷，洁静无尘，应对自如，时出惊人语，几疑大观园中人。当时，吾与之交谈略涉《诗经》《楚辞》《论语》《老子》《庄子》《孟子》《古文观止》《红楼》《三国》、李白、杜甫、王维等。诗喜王维与老杜晚年之作；亦谈周汝昌、张爱玲、叶嘉莹等。吾有意无意间难之：叶嘉莹老师者谁？小坤元略一迟疑，笑曰：顾随先生吧？坤元少小读诗书，据其母亲言，以上所举古诗文经典，皆能熟读背诵。她大约已经背诵古文20多万字，诗万首。

次日，与雨苍先生闲话，告知小坤元事，苍兄惊呼：真小魔女也。

吾初读其诗，谓其有大观园之风。她的诗受《红楼梦》影响颇深。我问：《红楼梦》读过几遍？答曰：不计。我一时默然。我读红楼至多算两遍半，上大学前在乡下读那一遍，是一残本，加上几本连环画，算半遍吧；自知不敢与小坤元妄谈红楼。

读坤元新作，发现她悟性极强。其新作较之初作更纯熟、老到、自然，用典亦允贴、自然、略无斧痕，似顺手拈来者，实属难能。《宛转篇》为深闺思妇悯征戍、怀远人之作，清绮瑰丽，深细婉曲，缠绵悱恻，良可动人。吾遂以诗两首相赠：

读坤元大作《宛转篇》有赠

一

长歌遏云泣韩娥，江月堤柳幽思多。

试水小鸭频回首，大观楼头雨一蓑。

二

繁弦重管谁辨声，小小黄莺作凤鸣。

点石几丛潇湘泪，朝云化雨出青桐。

坤元自有其幽思杂感，而能以诗应之、寄之、抒发之、表达之。她的诗记录着她的成长、她的历史、她的梦、她的风华、她的财富，她的无限风光、万里山河，俱在其中矣！

就用坤元诗词中的“岁岁青山好，相看似故人”（2017年张坤元《水调歌头》）结尾吧。

孔令更[1]

已亥岁首于汴京牧云楼

---

① 序言作者孔令更先生为诗人、作家，河南省诗词学会顾问，《东京文学》原副主编。

自 序

自鸿蒙肇辟，元气始化，洪荒亘古，江畔何人初摇荡性情，感于风物？是以天能造物，物能感人，人能生情，寄之于咏。

嗟予辗转人寰尘宇之间，尔来十有四载矣。少读诗书，或无生知之资，而具玄默之性，略有沉郁之思，且多杂遝之感，遂聊为诗家语。初，予喜观《红楼梦》，其中诸咏，莫不使吾倾心眷顾也。或未尽究其意旨，但讶其情采之华，骈俪之工耳。既景钗黛之高韵捷才，慕众芳之仙姿灵窍，始自觅句，形诸篇什。斯言一出，似不经意，而人之蒙昧初启也，俯而为诗，以鉴以摹，以求以索，笔常滞重，意每枯竭，兴忽散漫，思时阻塞，凡斯种种，可胜言哉！

故曰余诗词性灵，实兹于红楼。至于初期之作，尽显粉黛风度，闺阁气象，以此度之，想当然耳。尝作白海棠诗数首，窃以为文采风流虽亚黛玉、宝钗，然取青妃白之工或堪为探春俦矣。又尝赋风花雪月，鸟虫草木，自谓：独工咏物，特擅七律，略与大观园中人同风。——殊不知人之初学诗，理应从此始。

日月倏忽，春秋代序，于是蹈故辙，应旧律，非物不咏，非物不赋，律诗纷沓，终不见奇。时有所虑，念之迷烦。复值家人谓曰：“胡不肯为慷慨豪壮之辞？但当破除旧套，以换新声；有所疑难，尔其克之。”予将何辞以答？但恨椿萱之莫知我心。使予如是，譬犹使予挈泰山以越河济也——匪河济也，北海也。匪不为也，不能也。

甲午岁季秋至乙未岁仲秋，其间除《月》，竟别无所述造。夫人口吐莲花而微琼浆滋养，则必有词穷之日。予之情状，盖即此欤？

然当时予不能谙此理。每视彼稿册尘封，未尝不忧心烈烈，喟然长叹也。岁月荒疏，情怀枯索，至此方暗怨己之才学疏陋，禀赋顽冥，或自疑江郎彩笔，今当见还也；或自伤仲永通悟，且为众人也；或自谓人小时了了者，大亦未必奇也。

何日方得轩翥骋骛，独步千里？临风对月，颇有所感否？

重操翰墨，乃在一载之后。自此略能恢拓，求索至今。

予之为诗也，短则历数时辰，长则经几昼夜；内自念之，至深宵难寐，两目徒瞑而神清如故，若有孤檠长明，照彻乃心不夜。草创之后，辄点窜涂改，增而复删，更而复易，回还往复，如是不休。润饰之工不易焉。予稿既定，读之再三，仰观俯察，或问所怀，但扬眉欢悦，埋头意淫耳。求之既得，云胡不喜？维子之故，使我忘餐。

昨夕暇豫，清游闲步，聊以娱心。暮云奔涌，溢于苍穹，高树之上，骤起悲风。是岁中秋已过，料今夜之月应减清辉矣。四顾寂寥，即目荒凉。正值一木叶倏忽震落，飒然来下，天地不觉为之萧索。哀人生之长勤，百年之如寄，况予之资质未必百年者乎！少年真当努力，恐岁月之不吾与，将永伏恨于千秋之下。

然则我志为何？盖予亦不能答焉。是时惟顾身畔诸景，良有所动，欲观宇宙之大，察风云之局，略山川之险，识草木之青，收于眼底，形于笔下，以尽当时意，以付后来人。

风华美矣，而未抵寸阴如璧；江山大矣，而莫敌烽火灼天；政教盛矣，而止乎区区五世；功业伟矣，而归于蕞尔之土。问浮世三千，何物足能不朽？文艺千古事，吾自当勉之。幸予今得述咏以展其愿，陈诗以骋其情也，庶几朝彼暾日，傲此清风，竟成一世之隽。

张坤元

2018年 秋

癸巳年

（2014年　10岁）

暮春幻景

芳草青青胜丝软，群花艳艳似锦烧。

呢喃紫燕啼枝上，睍睆黄鹂鸣树杪。

凭栏牡丹滋红腻，映日杨柳晃金绦。

明山秀水景如画，夭桃秾李形若描。

［2014.5］

月夜

草长桃花落，烛摇倩影销。

槛纳风拂拂，帐闭梦寥寥。

兽炉烟不断，钟鼓声渐遥。

珠帘隐隐现，金娥照河桥。

[2014.5]

咏白芙蓉

香梦痴痴魂似离，初出寒水映月池。
冰心素女凌波步，缟袂仙人皎静姿。
玉影淡色秋光泛，冷露清愁钟鼓迟。
幽怨思情同尔诉，时已三更夜清凄。

［2014.7］

杏花天影

抛红豆望天涯路，新愁旧怨谁同诉？西楼明月几时圆？夜雨，肠断秋闺绣图。　　泪盈烛、衣宽金缕。砧敲声遍巷外户，潇湘迹浥鲛销透，凄楚，梦里晴空春浦。

［2014.7］

谒金门

自爱怜，不掩重门半卷帘。余阳斜照院阑干，思情正闲闲。　　纤弱覆桥柳线，黄昏无语杜鹃。晚风过处玉笛残，目送楚江雁。

［2014.7］

唐多令

午梦迷笛幽，杨花逐水流。平桥垂覆弱杨柳。蝶梦莺魂正恍惚，花虽暗，春仍旧。　　暖意袭庭透，又忆白蘋洲。夜梦不成空自瘦。深闭重门深闭帘，恐伤春，黄昏后。

[2014.7]

卖花声 静夜

静水轻沾飞花片，残月西斜寒碧天，幽夜风冷玉栏干。　　星河横汉，玉笛静院，沉沉更漏已将阑。

［2014.7］

秋

其一

昨夜惊破春梦绿，鸡窗人寂聆秋蛩。
凋花惨淡风过院，枯草残黄雨敲棂。
铜漏幽咽滴将尽，金井梧叶落无声。
泪烛摇摇因谁泣，寒气已袭重衾冷。

其二

谁解秋心诉共同，急风速雨助秋情。
万里寒空归鸿梦，半窗月魄病蛩声。
三径菊霜何幽寂，一枕秋酣自雅清。
何处萧萧无叶下，淹留长坐伴三更。

［2014.8］

凭栏人 送春

莺老燕困子规寂，香尘逝水葬花蕊。无言送尔归，芳发时再期。

[2014.8]

春

湘帘风透难掩春，鸟语归来唤良辰。

香巢已垒双燕梦，柳阴重锁一莺魂。

花戏几翻逐逝水，风飘万点正愁人。

幽葩碧草言不尽，别种思情却上心。

［2014.8］

月

西楼目断孤鸿雁，夜砧声里正凭栏。

轮上梅梢香欲染，辉沁碧空魄自寒。

梦回蛩声水华皎，云破清光笛音残。

幽情惟向嫦娥诉，千里相思共婵娟。

［2014.8］

月夜

钟鼓夜正长，清风拂半床。
风入松里静，月上梅梢香。
谁家不入梦，何处无凄凉。
隔院长巷外，砧声静四方。

［2014.8］

夜思

茶蘼夜影认朦胧，人隔天涯梦也空。

默默幽思门不掩，一片明月捣衣声。

［2014.8］

秋夜

西楼千里去孤鸿，瘦月清霜阑自凭。

秋叶满地金不扫，何处月夜无砧声？

［2014.8］

秋

梧桐败叶落金井，霁月光风耀玉堂。

迟迟何方鸣钟鼓，几处凉露与清霜。

［2014.8］

幽夜

蒙蒙园中月，深深庭里松。
魂销苍茫夜，幽森绝人声。

［2014.8］

梦幻

香深闺情夜漏，架下梦境荼蘼。

风过水亭凉后，花笼星辉灿时。

［2014.8］

江

风急浪奔雁过哀，浩渺江天一色白。

云中雾里兼天涌，望尽无边目难回。

［2014.9］

用《红楼梦·咏白海棠》韵

其一

遥闻砧声不掩门，何来无瑕玉满盆？
月华清逐缟仙影，怨愁幽离倩女魂。
芳心一点洁谁比，雪蕊几枝艳无痕。
倦袅西风任娇醉，玉容更显夜色昏。

其二

寒气幽幽深闭门，雪自何方降满盆？
岂是霜娥同素女，难辨聚影与离魂。
月锁精帘应有梦，风拂缟袂更无痕。
不知夜深花睡否，白帝秋容寂廊昏。

其三

残夜幽幽默倚门，试看精帘堕秋盆。
花枝暗藏一度梦，西风轻牵万缕魂。
冷烛尽滴银台泪，薄袂新揽玉容痕。
娇醉痴痴不胜力，寂寞空廊月色昏。

其四

人泣斜晖映院门，何来冰雪缀满盆？
素手秋风空弄扇，花霭浓阴应驻魂。
怨女冰窟游倩影，白帝清霜染玉痕。
谁家玉笛声残后，闲闲无语又黄昏。

其五

脉脉余晖小院门，人泣西风秋阶盆。
仙女裁却天机缟，白帝招得清霜魂。
玉笛梦里银烛泪，水精帘外雾霭痕。
含愁几点曛日晚，诗情无语黯黄昏。

［2014.8］

鹧鸪天

池塘日晓梦惊空，庭院秋千春事同。团团香絮穿柳起，脉脉东风为谁融？　　梨蕊落，莺语声，蜀魄枝上血啼红。湘帘半掩人在否？飞花逐水画图中。

[2014.10]

鹧鸪天

韶光休怪转首空，春宵何事恼芳丛？趁蝶翩翩扬轻步，寻梦杳杳万山重。　　侬借问，忍观红，邻家桃色可相同？开到荼蘼花事了，杜鹃无语怨东风。

[2014.10]

春

何事芳丛与春宵？飞絮西东各自飘。
梁间燕子双双去，莺在深柳何处娇？

[2014.10]

冬

狐裘翠袖尽生寒，寂寞冰封千万山。

梅花飘作黄昏雪，孤舟蓑笠钓江天。

[2014.10]

鹧鸪天 秋

蛩韵凄苦闻不堪，乌鹊缥缈南枝寒。莫道别村砧与杵，宫槐满路更已阑。　　迟雁阵，万里天，寂寞梧桐锁深院。江上蓑衣一烟雨，舞叶纷纷红遍山。

[2014.10]

无题

笛韵悠悠尽扬天，梦正多时意正闲。
花月夜江无边影，银河渺渺鹊桥仙。

[2014.10]

离亭燕

草黄衰野天涯，暗度夕阳西下。缥缈白云峰岭处，长水高天雁过。深山闻鹧鸪，叶飘凄风瑟瑟。　　别村砧杵齐家，寂院梧桐疏画。寒鸦漫数千点尽，江边枫叶与荻花。短梦更寥寥，惟听田雨飒飒。

[2014.10]

月夜

何处清风静，谁家杵声齐？
莲花漏将尽，秋宵事入思。
草断天涯路，月照彩云归。
好梦初长夜，箫声是为谁？

［2014.10］

捣练子

杵声齐，雁阵迟，何处天涯寂寥时。梅花一曲长梦里，一轮明月入秋思。

［2014.10］

临江仙

飞花千点逐逝水，帘栊半遮月痕。庭院栏槛尽深深。不知何来影，非关梦里人。　　迟迟雁阵归何处，谁家相思杵砧？红袖楼头夜笛音。人间行人地，天涯万里春。

［2014.10］

梅花

六桥十月似逢春，万株晓雪靓妆新。

缟袂冰绡因质冷，仙种瑶台迥旧尘。

翠禽啼醒罗浮梦，寒风招来庾岭魂。

暗香轻拂疏疏影，清笛淡月伴黄昏。

［2014.11.3］

兰

未知寂寞与凄凉，朵花皎皎叶草长。
欲染衣衫遍天月，微沁口齿满袖霜。
野径曲寒生白露，清风脱然隐芳香。
空谷佳人幽居处，楚辞一章如断肠。

[2014.11]

竹

更无舜妃旧啼痕，庭前欹石自生阴。
龙吟细中摇清影，凤来幽里伴弹琴。
睢园离离不觉午，淇水滠滠深处林。
秀玉千竿碧窗下，青山杳杳觅知音。

[2014.11]

咏菊

花枝霜露两双清，井径无尘对月明。

栽来闲采东篱下，莫忘昔时陶令盟。

［2014.11］

夏日

天涯处处漫浓阴，白昼初长院深深。

笛声如缕风暗送，暑汗难沾白玉人。

[2014.12]

咏红牡丹

美君魁首百花中，底事强于药与蓉？
枝叶凝情春栏槛，蜂蝶抱香晓梦丛。
醉软烟丝迷眉翠，轻霞日色耀衣红。
莺歌重重复袅袅，太真含笑向东风。

[2014.11]

柳

莺梭织成翠缕丝，风飘无限伤情时。
楚宫群舞千远岸，黛眉重锁一隋堤。
庭前依依随相念，陌上青青伴别离。
江南江北春仍在，何处又送王孙归。

［2014.12］

雪

葭管灰飞夜开门，小园永昼无纤尘。
婆娑梅落千户玉，玲珑月碎漫天昏。
羊羔酒烹金帐暖，诗思鞭指灞桥吟。
柳花梨蕊俱耐冷，袁安舍外尚纷纷。

[2014.12]

松

冷色犹被翠羽裘，本来霜后见贞幽。

拂云苍爽仙乡近，参天壮节烈风休。

枝烟斜挂夕岚照，影深暗度归鹤游。

空谷独留寒岁晚，梁园桃李任风流。

[2014.12]

梅

清骨幽幽近远迷，业已离尘自不知。

小瓣觉飘暗香里，微风似度疏影西。

冰雪何伴松外客，明月遥想桂间笛。

黄昏忆却罗浮梦，半向村桥半映溪。

[2014.12]

甲午年

（2015年　11岁）

题林黛玉

离恨天外杳嗟音，葬花一首岂堪闻。
孟光几时接鸿案？素帕何由题字痕？
沉月潇湘听夜雨，沁芳流水待黄昏。
不独芙蓉是新诔，寒塘无处觅卿魂。

［2015.1］

题贾宝玉

堪叹无才补苍穹，前盟忘却几世重。
炼石荒唐经重演，幻玉色相本通灵。
作真为假反成误，由空见色复生情。
已证琅玕时节过，青埂峰下一缘终。

[2015.1]

春

小桥流水付青烟，莺自娇羞燕自妍。
芳晖几多游子恨，穆风十里丽人天。
草盛江关惟目极，花明锦城奏管弦。
白云飘处昼昏矣，谢家梦在池塘间。

［2015.1］

秋

绿蓑江上墨阴遮，长笛一声悲远霞。
晓风黄叶飞万户，暮雨葛藤绕千家。
芙蓉汗漫连水国，寒霜渺漠到天涯。
高柳多少鸣蝉韵，都付水逝与阳斜。

［2015. 1］

秋雁

一夜冷雨响南楼，悲尽平芜已是秋。
关山难险书未接，沙洲萧瑟江自流。
故园他日逢南菊，悠云闲水送扁舟。
长天已覆蒹葭外，况向长天最尽头。

［2015.1］

台城路 柳

庭前陌上自依依，何处是章台路？裁却春风，妆成碧玉，共临伊眉颦蹙。毵毵千缕。正与君惜别，伤心无数。高楼系马，青霭笼驿恰数处。　烟光绣景一时，惟秦楼明月，年年如故。复梦江南，初临野渡，苍茫斜晖岁苦。朝朝暮暮。增远人愁怅，一声笛绪。蝉噪鸦栖，入他年秋雨。

［2015.1］

柳絮

远岸残月晓风天，古墙斜晖燕子帘。

飘泊任随长街外，西东各自小桥前。

雪色欲销因雾薄，轻姿无主岂丝繁。

最是一种零落处，转教人忆谢娘联。

[2015.1]

秋柳

江南江北亦相怜，一朝春梦散如烟。
士子边关苦攀折，佳人内院恨缠绵。
六朝回首空往事，三春屈指又他年。
近来生意何婆娑，况在西风落照边。

［2015.4］

花

高楼近处最伤心，无端生灭自纷纷。

早知繁华从此尽，当初何必苦争春？

[2015.4]

桂

芳叶幽且静，冷露湿无声。
直待黄昏后，追寻向月中。

[2015.4]

咏燕

年年归飞来去忙，时窥卢家玳瑁梁。
斜入江潭黄梅雨，乍翻院落翠苔墙。
何处池塘飞袅袅，谁家帘幕度双双。
莫栖碧草红檐下，鹰猜隼忌更须防。

［2015.7］

月

缘何渐渐又如钩？当初飞镜度危楼。

独傍几处吹笛夜，孤临一片捣衣秋。

别梦总关湘江水，离思只锁洞庭舟。

此夜天涯谁与共？塞北江南一样愁。

［2015.11］

乙未年

（2016年　12岁）

无题

明月总关离别恨，夕阳偏照古今愁。

为赋千章难释怨，倾酒三樽可解忧。

[2016.11.4]

菩萨蛮

长笛吹彻关山月。戍人一夜生华发。欲上望乡台，愁看野色哀。　　穷边风猎猎，时见孤鸿没。塞上有飞蓬，漂泊同我征。

[2016.11.6]

秋月篇

明月盈盈出海峤，城南漠北宜相照。
金波潋滟泛秋辉，白璧澄清生夜耀。
团圞临高阁，联娟映琐窗。
梧桐院里风如雨，蒹葭江上露为霜。
素华欲褰流苏帐，明光已侵白玉床。
素华明光漾似流，千里万里总悠悠。
翠楼金徼双寂寞，红闺紫塞两绸缪。
织锦堂前一夜恨，挥戈边外九秋愁。
堂前边外空相忆，几度断肠泪沾臆。
梦魂路杳不可追，音书道远嗟奚及！
深秋塞外雁鸿哀，中秋阶前蟋蟀思。
今宵无寐步闲庭，愿作天边夜月明。
行轮缈缈临胡地，流影依依到汉营。

秋雁翔时来绝域，夜乌啼处隐层城。

夜夜明辉伴君戍，年年清影随郎征。

年年夜夜生愁怨，万古清光恒不变。

台上曾伴秦女箫，殿前曾照班姬扇。

汉地遥隔蔡琰悲，胡沙渺漠昭君怨。

天涯极目思何穷，盈满亏缺随递变。

[2016.11.11]

夕阳

黄昏犹在柳梢头，长河大漠照悠悠。
已逐匹马临古道，又随昏鸦入小楼。
芳草洲边荒映夕，枯蓬塞外远连秋。
凄凉万古思何尽，总向天涯独自愁。

[2016.11.15]

明月

其一

江南塞北总相怜，同望冰轮在远天。
断肠夜照高楼上，销魂晓没远堤边。
寂寞千秋临汉殿，凄凉万古照秦关。
遥思丹桂婆娑处，素娥心事欲知难。

其二

钩亏轮满几时穷？销魂今古素华中。
乍经永巷悲秋扇，初照长门对夜灯。
凤楼玉箫声已咽，湘江瑶瑟曲才终。
青冢紫台千里路，应照佩环归旧宫。

其三

团圆几日又如钩，西楼南浦动离忧。
汉宫胡塞光皎皎，湘天淮水影悠悠。
冀北城头弓破夜，江南闺里璧连秋。
千秋万载长如此，天涯独瞰古今愁。

[2016.11.16]

沁园春 雁

灯暗长门，夜冷离宫，总是愁眠。望只影长飞，残阳江畔；断行低度，晓月楼前。青塞霜繁，琼闺露重，音书空有恨缠绵。聊付与：字斜阵整，横破江天。　　嗈嗈又度辽关。正天高路杳劲风寒。教游子遥悲，烟波浩荡；弋人仰慕，云海茫然。朔漠琵琶，穹庐笳拍，乡关何处漫思还。千万里，叹江湖寥落，羁怨年年。

［2016.11.21］

台城路 秋柳

南浦西风烟已散，轻舸来去无语。满院凉飔，一江寒雨，尽付叶枝深处。婆娑如许。忆昔日汉南，繁丝茂缕。春色依依，衹今凄怆临江渚。　　却似憔悴楚女。叹愁蛾已蹙，惊鸿犹舞。汉苑凭秋，隋堤拂月，总是一番凄楚。韶华难住。悲逝水长东，万事随去。万点昏鸦，占断斜阳暮。

［2016.11.22］

鹧鸪天

万里西风入夜深，一帘萧瑟自沉吟。不知江上秋几许，惟见城头月一轮。　　诗千首，酒三樽，天涯何处觅知音？劝君莫话前朝事，万古繁华总断魂。

[2016.11.22]

忆江南

空谷寂，倚竹不胜愁。翠袖生寒山日暮，白雁流哀野水秋。魂断碧天头。

[2016.12.16]

秋思

其一

无奈蟪蛄中夜鸣，飘零团扇付西风。
秦关万里人何处？空剩阶堂月自明。

其二

月满江城怜清夜，风生辽海动寒秋。
瑶京露重秦娥怨，紫塞霜繁楚客愁。

其三

秋满层城月满关，望乡台上总无言。
浊酒三樽犹未醉，何时归返勒燕然？

其四

织锦堂前夜似年，明星有烂耀中天。
黄姑织女愁如许，河汉迢迢路几千？

其五

吹尽玉箫秦女怨，吟断清歌子夜愁。
蒹葭江上横白露，伊人独自立寒秋。

[2016.12.19]

虞美人 春闺怨

落花帘外离愁重，黄莺惊妾梦。杨花似雪柳如烟，遥想春风不度玉门关。　　轻舸短棹归何处？烟色迷南浦。天涯道远自茫茫，望断平芜千里暗斜阳。

[2016.12.20]

虞美人 秋闺怨

长安万户鸣砧杵，今夜愁如许。西风吹散玉笛声，自令无寐离人不忍听。　　燕然未勒归无计，故乡千万里。庭中独自立秋清，愿逐天边明月照君营。

［2016.12.20］

沁园春 塞上

汉月弓悬，胡风电掣，曾怨琵琶。看层城百尺，夜乌缥缈；长天万顷，秋雁横斜。春绝边庭，寒生陇塞，猎猎惊风漫漫沙。销魂处，将悲思千缕，尽付吟笳。　　戍客无计还家。闻道玉门关处犹断遮。对茫茫朔野，连天草色；悠悠羌管，满地霜华。刁斗传营，号角鸣阵，望乡台上望天涯。愁无寐，想燕然未勒，把酒长嗟。

［2016.12.21］

菩萨蛮

堪叹韶华东逝水。销魂今古斜阳里。寂寞度朝昏，心事付瑶琴。　　中夜吟蟋蟀，空对阶堂月。望断远天边，何处是桃源？

[2016.12.23]

春

春

佳景，良辰。

抚锦瑟，对芳樽。

鸟啼南陌，蝶振东邻。

湖间波潋滟，楼头云浅深。

一壶花间酒尽，独酌月下人醺。

江水东流千喟叹，夕阳西下几沉吟。

［2016.12.23］

塞上

羁愁千里上层城，何方芦管远飞声？
伤心霜风侵晓陇，断肠笳鼓动秋营。
汉月几随人征戍，胡天常有雁飘零。
盈盈河汉空清浅，织女黄姑何限情？

[2016.12.26]

沁园春

芳草西洲，红尘北道，残照曾来。观菡萏飘零，春失越殿；江潮来去，曙破吴台。万载兴亡，千秋成败，渔樵闲话付三杯。登楼处，见苍然平楚，强赋愁悲。　朝昏空有吟怀。问庭花寂寞几回开？想朱苑苔封，青衿累叹；瑶琴尘满，红袖独哀。鸿雁南游，江涛东逝，人生何处不徘徊？桃源杳，还自向月下，倾尽金罍。

[2016.12.28]

秋

秋

观景，登楼。

天杳杳，路悠悠。

征鸿南度，江水东流。

飞叶多萧瑟，酌酒总绸缪。

夕阳又落渔浦，夜月初临客舟。

明岁春风仍似旧，未须作赋强说愁。

[2016.12.30]

沁园春

梧桐院里，蒹葭江上，共感秋声。正天连燕赵，黑云斗阵；潮生吴越，白浪翻层。姑苏台旁，钱塘江口，苍烟落照几时穷？倾樽处，看浪涛东逝，淘尽英雄。　　阶堂中夜鸣蛩。有枯蓬衰草曳西风。想黄鹤楼头，烟轻波澹；赤壁矶上，涛怒风惊。魂断歌台，梦残舞榭，万代繁华一笑空。天上月，不知兴废事，亘古长同。

［2016.12.30］

人间四季

春

初塞垣冻解，江河冰销，蕙雪微融，松霜轻碎。看东君欲降，渐有和风宛宛，丽日茸茸。云封岫岭，萧萧凋残处士梅；烟迷洲渚，萋萋生尽王孙草。

白昼之时，柳摇南陌，花好东郊。抚琴瑟而微吟，开樽酒而长歌。想青鬓如烟，韶华似锦，行乐直须及早，莫待浪花东逝于千顷江上，日照西斜于百丈山头。正好值：翩翩蛱蝶振园径，关关雎鸠啭河滨。踏青拾翠，步月寻芳，心倾意醉，采奂神扬；调筝吹笙，鸣琴鼓瑟，魄动魂惊，怀舒性悦。

日落花间，月来柳上，千斛酒尽，一醉人归。

夏

正纷纷花落，离离荫生，娉婷十里，尽数芙蓉。

看翠亭朱阁，总隐榆荫桑叶下；兰楫桂棹，都付藕花荷叶中。暑风拂绡衣，凉月临纨扇，清夜徂短宵，炎日明长昼。

此景象，虽无春之嫵婉妩媚，秋之清灵蕴秀，冬之迥世离尘，却别有一番诗画之境：黄昏杨柳送湖夕，午夜荼蘼对院光。寒生芙蓉簟，幽锁郁金堂。观蕉影堂前，尤宜避暑；松涛亭里，正好乘凉。

西湖六月，红蕖裛裛，南楼三更，素月娟娟。

秋

又金乌西匿，白雁南翔。别浦云飞，离亭叶陨。正值雨微桐院，霜重蒹江，但感河中涛浪声悲，塞上风云色惨。

蝉哀鸣于庭树，蛩愁吟于阶草。时天色已暮，有日照微茫。萧瑟生于天穹，灼烁泯于云霭。应有羁旅之青衿，见之伤怀而感怆。至夜色初降，有月华乍启，熠耀粲于阶闼，明光挂于屏轩。应有相思之红袖，对之凄怨而徘徊。

观其色苍苍，聆其声猎猎。昔宋玉有言：“悲哉秋之为气也！萧瑟兮草木摇落而变衰，憭栗兮若在远行，登山临水兮送将归。”

冬

终冷侵北地，寒袭南国。

冷雪万里长，渊冰千尺厚。陇头流水咽以滞，塞上游云凝无色。空山百丈，更无鸟迹飞临；寒江千里，尚有孤舟泊钓。时袁安卧于陋舍，苏武牧于穷海。

有阴风振野，有惨雾瞀天。朔漠凉风，猎猎斗黄沙成阵；关山黑月，黯黯载白雁离群……

唯有梅花耐晓寒，映新妆于清浅之旁；松柏凌暮冻，见苍翠于霜雪之后。

[2016.12.30]

丙申年

（2017年　13岁）

沁园春

赤日黄埃，咸阳陌上，匹马惊秋。对乱叶萧萧，西风瑟瑟；长天杳杳，北道悠悠。高城寂寥，远林摇落，风光暗锁古今愁。断肠处，想潇江雁度，月柯乌游。　　杜康何以解忧？嗟繁华自古止荒丘。任钱塘江中，寒潮来去；姑苏台上，明月沉浮。鸥鹭夕飞，渔樵夜饮，万载兴亡一笑收。年正少，不知愁何物，屡上层楼。

[2017.1.2]

偶成二首

百二关河付雁鸿，汉家陵阙起西风。
渔樵论尽千成败，浪花淘尽几英雄？
机心已随鸥鹭堕，富贵应逐云水空。
繁华自古归何处？止于荒丘废垄中。

近日寒声切塞鸿，江湖千里浩长风。
古道有情迎客子，荒原何处觅英雄？
金谷寂寥春蕊落，铜台萧索暮云空。
堪嗟万载兴亡事，尽入渔樵闲话中。

[2017.1.2]

木兰花慢 杂感

江水向东逝，载将去、几多愁？念明月长亏，华筵易散，春色难留。追曩昔，回首处，见浮云雁阵两悠悠。禾黍离离阡上，西风瑟瑟城头。　汉家陵阙动高秋，残照正当楼。更三秦风尘，六朝烟雨，尽付荒丘。兴亡事，今何在，有渔樵谈笑饮汀洲。人生百年如寄，杜康可以解忧。

［2017.1.8］

水调歌头

月明如有意，来照高阁边。凉夜如水，霜色凄凄锁玉阑。梦回笛声如缕，立尽庭中秋晚，独自怅华年。忽忆音书绝，一雁堕关山。　　追曩昔，今何处，散如烟。人生行乐，古今应自付樽前。千载兴亡世事，一夕渔樵谈笑，江中流水寒。筝瑟无限意，不必羡缑仙。

［2017.1.15］

昔年

昔年曾向广陵游，水似青天月似舟。
新来有怨知多少，付与长江日夜流。

［2017.2.5］

江上

江上悲风过雁哀，云踪天色两徘徊。

看取沅湘千里外，万古独留楚客悲。

[2017.2.5]

咏柳

其一

含态临风向灞桥，离恨从来借酒浇。
越殿春薄成嫩色，楚宫人瘁为轻腰。
已自肠回伤汉事，不堪梦醒忆隋朝。
依依又送王孙去，折尽长亭百万条。

其二

轻黄深碧镇相怜，万绪千丝媚远天。
春来南浦轻波上，秋去西风落照边。
隋朝堤畔销魂月，汉家苑里断肠烟。
多情还解伤离别，萦系行人归去船。

[2017.2.5]

听筝

廿一弦柱思韶华，韶华零落自堪嗟。

声发应有闲云住，曲终惟恨夕阳斜。

南朝梦断悲风雨，西湖春去怨烟花。

知音自古稀如许，不知何处觅天涯？

［2017.2.6］

王昭君

马上琵琶声正悲，故都回首恨依依。

可堪汉室人归后，正是胡廷秋尽时。

沙碛惊风凄暗斗，关山明月冷相随。

深宫桃李多寂寞，留得青冢向斜晖。

[2017.2.6]

菩萨蛮

玉藕香残秋已暮。天涯有雁南飞去。长亭一曲残，古柳不堪攀。　　此恨何时已，付与东流水。何物断人肠，江畔黯斜阳。

[2017.2.9]

虞美人

闭尽长门春事了，恩怨知多少。数千年事尽从风，空余秦陵汉阙夕阳中。　　姑苏台上啼乌在，不道人间改。杜康讵解古今愁，付与长江日夜向东流。

［2017.2.9］

浣溪沙

西风拂叶晚萧萧，宋玉曾悲草木凋。客中道路一何遥。　　愁对夕阳伤往事，莫临樽酒话前朝。诗魂吟断驿边桥。

[2017.2.9]

谢道韫

林下风神世罕俦，骤雪偏增赋兴悠。

止缘柳絮风中起，便有诗名世上留。

［2017.2.10］

怀古

终古兴亡无尽时，回首天涯百事非。
落花辞树飞金谷，斜阳和燕入乌衣。
江潮夜动灵胥恨，草木秋生宋玉悲。
浊酒三杯谁为举，瑶琴尘满知音稀。

[2017.2.11]

夜月行

明月宵从海上来，流光千里正徘徊。
江南白壁笙箫怨，冀北雕弓笳鼓悲。
姑苏夜尽啼乌韵，洞庭霜降渺余怀。
无复当年临汉阙，不堪今夜照吴台。
吴台汉阙总萧条，桑沧陵谷异今朝。
长安城中书断绝，鄜州闺里人隔遥。
云鬟香雾光皎皎，花江枫浦影迢迢。
凄凉独对千年塞，潋滟空随万古潮。
别有游子早从戎，沙碛关山空复情。
思乡之意如流水，羁旅之身同转蓬。
西风无语生辽海，秋光何意满长城。
未勒燕然归无计，不斩楼兰心讵平？
相思千里共清光，此夜城南合断肠。

窗间谢女眉空敛，楼上秦娥恨正长。
代北音书绝缈缈，辽西魂梦醒茫茫。
素辉何堪悬章锦？明光谁教照流黄？
素辉明光迥未收，千秋万载总悠悠。
有恨王嫱堪寂寞，多悲蔡琰自绸缪。
一片多情临汉塞，二分无赖照扬州。
钩亏轮满今犹古，忍向天涯独自愁！

[2017.2.12]

燕歌行

月满江城秋夜长，明光先委莫愁堂。
捣衣石边愁素练，回文机上怨流黄。
情之纡轸谁同愬，曩昔游子别河梁。
叹君羁旅早从戎，妾心悁悁百恨生。
可怜越地闺门月，长向关中陇戍风，
飞流塞北哀征雁，飘飏田中望转蓬。
转蓬归来无处寻，千里悠悠绝故根。
蓟门绝漠秋暮夐，代郡穷阴白昼昏。
琵琶万古论长恨，笳拍千里籍微吟。
九月凉飙生户牖，摇落谁怜千木朽。
罗帷褰彩月来时，宝奁尘暗人归后。
樽前青春能几日？镜里朱颜不复久。
月既没兮夜已阑，辗转彷徨殊未眠。

自吊清商歌易尽，独念良人去不还。

思君千里如兹月，流光常在汉营边。

[2017.2.17]

宛转篇

关山月，苍苍生绝域。
玄菟城头乌栖时，玉门关外笛歇处。
苏蕙机边锦，罗敷陌上桑。
河畔青草空远思，楼头烟柳枉凝妆。
楼头河畔东风里，柏寝台前天似水。
青山靡芜叶复齐，金堤杨柳枝频举。
阑槛花红逐水流，河桥絮雪因风起。
辽西代北路八千，荡子从戎复几年？
伤心汉雁来胡塞，断肠陇水望秦川。
妾同明月辉常减，君随江水浪无还。
平沙缈缈家空远，易水萧萧风自寒。
黄姑织女愁何限，盈盈水畔君不见？
明明玉露月婵媛，耿耿金河波潋滟。

两情脉脉不得语，千载悠悠难缄怨。
天上姮娥夜夜心，太息临风君不闻？
青天流光独吊影，碧海凝辉合断魂。
宁作双凫栖穷野，不为别鹤唳华云。
姮娥织女愁思处，春月秋河岁华暮。
织女七夕会有期，姮娥万里归无路。
相别相见两应难，与君遥隔共婵娟。
盈满亏缺因底事？二八三五向谁圆？
歌舞樽前凋绿鬓，繁华镜里减朱颜。
佳人堂上箜篌引，商妇江头琵琶弦。
借问弹者苦思谁，曲终音断有余哀。
江头青衫虚垂泣，堂上幽窗自画眉。
早春初蕊思发时，中秋明月人归后。
人归春尽两难留，春尽人归芳草秋。
台中仙娥名弄玉，湖上佳人字莫愁。
箫引凤凰声已咽，艇破风波桨未休。
草既秋兮花欲暮，客子不还悲若许。
单衫秋色梦西洲，渌波春水别南浦。
终年茕茕思因谁？尽日慊慊只为汝！

落花帘外泪难干，新月栊间眉自妩。
幽闼空撚锦瑟弦，华堂忍对瑶筝语。
瑶筝锦瑟近如何？自君出矣暗尘多。
若将此恨托樽酒，弗如高咏献长歌。

[2017.2.26，初春]

石城月

石城月，秋夜长漫漫。淹留白沙雪，照见澄江练。江上艇如飞，催送莫愁归。流辉倩两靥，凝晕霭双眉。画梁空玳瑁，闾里自依依。何物令侬羡，梁上燕双栖。

清浅水畔鹊为桥，广寒宫里人如画。离离关河早雁飞，袅袅洞庭秋叶下。候蛩思兮吟悲，栖乌惊兮起乍。浥佳人之罗巾，催客子之华发。已随文姬感长辞，又共明君哀遥嫁。

生辽海，出天山，来朔漠，对散关。和飞霜以偕素，籍零露而增寒，照华堂之皎皎，临高阁之团团。与清飔而掠地，随微云而流天。映池边之枯草，经道上之衰兰。上高堂而挟瑟，登巍台而凭阑。

陌头采桑子，堂前织锦妻。当此秋月夜，临之长太息。——谁能状离恨，缄素写相思？

[2017.3.1]

怨歌行

今夜关山月，苍苍影正低。

台上望乡客，楼头怀远妻。

黄龙戍北雁南翔，玄菟城头乌夜栖。

乱离绪，动离思，离绪转缠绵。

河梁遥遥隔晓色，月殿凄凄生晚寒。

今岁秦楼柳，郁郁色如烟。

对酒聊为乐，凝妆空复妍。

归无返，去无还。

微吟不能久，中肠随断弦。

[2017.3.3]

江南曲

江南清且空，莲花白复红。
群鱼戏叶侧，双桨荡波中。
江上盈盈女，广袖当风舞。
巧笑善旁睐，欲共莲花语。
俯首望鸳鸯，羡尔影成双。
中心怅若失，抑郁复彷徨。
回房理机杼，房空谁与度。
终日不成章，无那芳春去。
离梦萦朝朝，望断广陵潮。
缄素怀道远，菱舟畏浪高。
我心如莲子，君心亦如此。
汤汤逝水东，欢娱今已矣。
庭中多绿苔，罗帷因风开。
此风如有意，载我入君怀。

[2017.3.13]

江南女儿行

闻道江南可采莲，波上荷花红复丹。
江南女儿十五余，双鬟窈窕对门居。
朝朝望尽河边柳，盈盈如月当窗牖。
借问女儿所思何，情之纡轸一何多！
一自阿侯去不还，流眄凝姿空复妍。
望断河畔青青草，所思悠悠千里道。
锦书缄素嗟奚及，尽日独眠梦见之。
落华辞条春已暮，一朝镜里朱颜去。
汤汤逝水尽东来，数载烟波空怆怀！

［2017.3.26］

日落行

白日沉沦岫岭崇，苍苍若木满西冥。
浮云天末望中遥，朱楼隐隐当涂高。
重门深槛精如画，绮窗缥缈临幽闼。
中有佳人挟瑟立，皎皎容华初日丽。
弦鸣音响一何悲，欲凭薄袂揽斜晖。
曲罢犹闻音绕梁，亭亭新月泛孤光。
此时凭阑垂玉箸，悲思不共斜晖去！

［2017.3.27］

春怨篇

杨柳沙洲絮欲飞，佳人初试翠罗衣。
纱窗软沁风脉脉，平桥柔傍水依依。
桃李蹊头悲晚日，蘼芜山下恨斜晖。
自从荡子归青塞，空余风月守金闺。
遥思北地立无言，春风不度玉门关。
天山尽雪空如絮，绝域无花只有寒。
秋雁缠绵明灭处，夜乌缥缈有无间。
无复秦楼观越柳，惟余汉月照胡天。
恨君别我早从戎，回首东风不胜情。
绛帷轻梦朝寂寞，碧窗残月夜朦胧。
望乡台上故园杳，怀远楼头往事空。
黄姑织女相期望，伯劳燕子各西东。
花枝尽日近高楼，韶景无边似个愁。

美酒樽前难解怨，萱草庭中不忘忧。
泪溅暝烟平芜地，肠断夕阳芳草洲。
镜里容华春月暗，奁边鬟鬓晓云秋。
晓云春月留不住，万里天涯春欲暮。
信我楼头怀远时，是君台上望乡处。
韶华终随逝水辞，江流已载欢娱去。
窗间黛蛾岫外烟，楼头粉泪风中絮。
昔年春色自凝妆，一日斑骓送陆郎。
幽草寒烟笼驿馆，长笛古柳满河梁。
陇塞惊沙风漠漠，关山明月夜苍苍。
三春金粉终成土，九秋白露又为霜。
九秋三春如电抹，新来有恨何堪说？
思妇今春多怨情，征人此夜生华发。
看取闺中苦相思，方知世上尽离别。
零落红颜余几多，寂寞阶堂空对月！

［2017.3.28］

沁园春 对月

轮满中秋，光盈遥夜，终古如斯。念侯馆吟怀，夏箪涵影；离宫赋恨，秋扇流辉。玉宇更长，琼楼夜永，极目高寒动远思。风正举，奈骖鸾归去，冷露沾衣。　　山河万里凄迷。叹此物团圆能几时？想紫塞秋深，当兹无寐；红闺春晼，对彼相思。皎皎堂前，离离楼外，光冷南枝鹊欲栖。问姮娥，肯与我携手，共酌金杯？

[2017.5.9]

齐天乐

万里天涯春已去，蝶梦莺魂无绪。淡月楼台，疏烟池馆，尽在桃源深处。哀思几缕。叹零落知音，一杯谁举。尘满瑶琴，遥夜清愁知何许。　　杨柳汉南江渚。正弄影留姿，风华苍郁。顾彼功名，安能常在，肯把浮生轻误？韶华长住。悲人世沉浮，草上朝露。共我无眠，小楼昨夜雨。

［2017.5.30］

闻蝉作

天教意愿与身违，宫魂万古怨齐妃。
壁月湘帘歇唱后，残阳徽墨苦吟时。
庭前浩曲千觞恨，亭上长歌十里悲。
不堪他日西风起，遥夜清商露满衣。

［2017.7.3］

咏白海棠

西风无语入重门，雪自何方降满盆？
月里山河独吊影，林下风霜合断魂。
武陵红褪人何在，罗浮香散梦无痕。
顾彼婵娟如有意，无时相伴度朝昏。

［2017.7.4］

梅

江北江南写岁华，何郎此去自堪嗟。
瑶台月下魂缥缈，石桥溪畔影横斜。
宝靥盈盈仙子梦，青袂萧萧处士家。
冰中雪里无人识，暗香一夜到天涯。

[2017.7.4]

兰

寒生空谷物华休，绝代佳人世罕俦。
水作长裾深涧晓，月为环佩远峰秋。
廉行举世谁清白，孤芳一岁尔风流。
遥知澧水诗魂断，万古独留楚客愁。

[2017.7.4]

竹

欹石倚槛自檀栾，未许成竿钓渭川。

讵随蝶梦争春暮，还共梅魂守岁寒。

湘水亭亭千古月，淇奥依依十里烟。

子猷一去知音少，深林琴瑟倩谁弹？

[2017.7.16]

闲来无事写歌词

古原尘烟起四野昏鸦，
一寺寒钟只在残阳下。
几时重与子闲话桑麻，
上山采薇携酒莫还家。

恐风雨葬了一地落花，
故向泥苔深处遣芳华。
却叹飘零知己空牵挂，
惟有菩提烟树似生涯。

双袖弄烟霞，湄水鉴风华，
今夕何夕，今日何日；
吟哦都过了，只有苍天如画。

故国家园飘零知何处，
剩芭蕉夜雨门环铜绿。
昔日岂料得今朝孤啼，
风吹襟带飘摇天涯路。

回首留步且暂莫踌躇，
任身前身后浮华尽去。
廿十四桥畔芍药为红雨，
怨一夜西风凋残碧树。

世事应无数，俯仰成今古，
树影灯花，浮云圆月；
携手向红尘，莫把浮生轻误。

[2017.7.17]

秋望

西风残照满征衣，无那萧森增客悲。

浮云西北望华盖，雁行寥落信应稀。

［2017.7.20］

绝句

灯窗竹槛认红楼，吟弄偏增子夜愁。

明月若解伤离别，谁教无赖照扬州？

[2017.8]

鹧鸪天

芳草渌波合断魂，送君南浦总逢春。当年蕉下应无鹿，此日天涯不见人。　　伤今古，感朝昏，素月青灯长闭门。文章诗酒谁能会，枉羡仙源得避秦。

[2017.7.20]

减字木兰花

杖鞋胜马，一任吴台歌舞罢。北邙山头，松烟深锁古今愁。　　繁华终去，蕉中覆处应无鹿。渚月江潮，人生何事羡渔樵。

[2017.7.25]

忆旧游

记蒹江愁思，桃院容仪，兰谷风华。西风波间碧，青荷如人立，犹觅残花。月馆灯窗竹槛，应是谢娘家。更清酒千樽，寒蛩十里，付与烟霞。　　天涯。问王孙，苍茫路远，底事堪嗟。沧江哀断雁，古道悲匹马，长安断遮。坠叶初惊旅梦，萧瑟乱栖鸦。伤心竟何事？短长亭外夕阳斜。

［2017.7.26］

菩萨蛮

箫声咽破秦楼月。子规花外啼成血。江畔柳无穷，应与我情同。　　今岁人何处，燕子空来去。燕似去年时，林花非故枝。

[2017.7.26]

菩萨蛮

风到江南江岸绿。烟波十里长堤路。洲头可采蘋，斜阳一断魂。　　镇日空相忆，莫向黄昏立。春草又芳菲，王孙犹未归。

[2017.7.28]

风流子

秋风兮嫋嫋，木叶下，何枝客可依？念吾庐苔封，他乡日晚，松菊俱败，人雁殊归。登高处，苍楚年年恨，白蘋岁岁悲。寂寞烟霞，寥落轩冕，纵横诗酒，潇洒泉石。　　往事知多少，记昔我往矣，杨柳依依。只今江潭摇落，庭院离披。叹故园书绝，孤鸿杳杳；神州路远，匹马迟迟。复奈一竿残照，暗满征衣。

[2017.7.29]

踏莎行 清明

风带垂纱，雨针飞玉。恰同幽恨无从数。官道垂杨摇曳金，何由得挽闲愁住。　　才怕春寒，又伤日暮。纸灰已作蝴蝶去。断魂行人忆酒家，杏花千里孤村路。

［2017.7.30］

减字木兰花

汉家陵阙，当年犹照秦时月。轩冕犁田，古来不见一人闲。　　休言举世，纵有知音却难觅。此外何求，从今无复梦王侯。

[2017.8.2]

鹧鸪天

人生能度几回秋，寻章走马总白头。苦恨不随绝塞尽，岁华惟共大江流。　　今古事，两悠悠，铜台笙管锁清愁。王侯将相归何处，青草烟中是废丘。

［2017.8］

南乡子

苍烟锁戍楼，悲尽边城已是秋。倾罢三觞犹未醉，悠悠，江山一片古今愁。　　匹马黑貂裘，平生豪气等闲休。闻得陇笛应驻马，淹留，人间无据是封侯。

[2017.8]

忆秦娥

用李太白韵

鸣弦咽，潇湘洗出当年月。当年月，衔愁不语，偏照离别。　　芳菲无复旧时节，泠泠彻夜知音绝。知音绝，今夕何夕，广寒宫阙。

［2017.8］

集句

天路幽险难追攀，（韩愈）
大江茫茫去不还。（李白）
不须浪作缑山意，（李商隐）
古人头白尽林泉。（罗隐）

［2017.8］

乌夜啼

当年曾觅封侯，意未休。莫向北邙山头忆旧游。　　英雄泪，渔樵醉，古今愁。谁更解把功名一笑收！

[2017.8]

采桑子

金谷铜台俱泯灭，百事堪嗟。六代繁华。魂断秦淮月笼沙。　　当年王谢归何处，回首天涯。燕入谁家。兴亡惟见夕阳斜！

[2017.8]

水龙吟 杨花

用章质夫、苏子瞻唱和韵

轻姿合在云天，如何却向人寰坠？江南江北，树犹如此，枉劳离思。纷然拂衣，盈然趁步，绣帘垂闭。记谢娘庭畔，霏霏雨雪，未若此、因风起。

休怨飘零根蒂，岂必作、浮萍伫缀。算来万事，无常有定，团圆终碎。宁教从风，莫成尘土，毋委流水。笑古来，薄命朱颜，为垂尽伤春泪。

［2017.8］

行香子

何物销魂，陇上黄昏。北邙路、十里烟尘。昔人安在，往事难寻。尝随流水，望圆月，笑浮云。　　千秋今古，一梦君臣。知音绝、旧曲空闻。还应顾彼，林下风神。对一局棋，一壶酒，一张琴。

[2017.8]

水调歌头

轩冕谁言贵，烟霞不可寻。江上秋风乍起，空教忆鲈莼。长剑倚天万里，举首青冥西北，一笑窥浮云。凿石能见火，聊寄梦中身。　　咸阳陌，长安道，惹黄尘。天若有情应老，衰兰合断魂。焉能世路无穷，争奈劳生有限，醉里几沉吟。岁岁青山好，相看似故人。

［2017.8］

临江仙

风露凄凄城下路，倦客老尽黄尘。坟墓犁田各古今。闲行随逝水，独坐望浮云。　　惆怅蓬山何处是，殷勤青鸟难寻。秋风一曲岂堪闻。但教明月好，长与照金樽。

[2017.8]

漫成二首

百尺红楼锁岁华，五十弦中半是嗟。
谁知空谷倚修竹，自向闲门扫落花。
卢女堂前邀夜月，宓妃河上望朝霞。
行尽人间数万里，蓬山之外是天涯。

惆怅巫峡不可期，生涯梦里几人知。
窗间红烬经年别，江上青枫隔夜思。
秋月有情临宝镜，春风何事入罗衣。
思君已到无言处，还幸山头木有枝。

[2017.8]

绝句

澧阳兰芷动寒秋，若有人兮立中流。
蒹葭不解依竹怨，芙蓉应信葬花愁。

［2017.8］

春日

日影轻盈逐柳花，未近黄昏已半斜。

却恨无情双燕子，衔将春色到邻家。

［2017.8］

登山

半落青冥外，巍巍势欲飞。
危峰连远碧，奇壑锁深晖。
月明沧海近，霞映赤城低。
天下风阴乱，人寰烟雨迷。
日色采盈把，浮云绕满衣。
万里方绝尽，一径又萦回。
行向高标处，知音渐已稀。

[2017.8]

漫成

其一

寂历郊原古，芳菲花草新。
杜宇空啼血，不与送归人。

其二

春去花空怨，秋来月自颦。
梦入蒹葭浦，曾记水国吟。

其三

旷野前朝事，寒窗昨夜人。
试问一杯酒，安能抵古今。

［2017.8］

秋夜

南浦波如练，西楼月似霜。
遥怜数行雁，不忍下潇湘。

［2017.8］

偶成

白雁归萧瑟，乌鹊起彷徨。
却幸浮云聚，不与现参商。

[2017.8]

秋柳四首

汉苑隋堤几断魂，无复青烟笼驿门。
向晚寒鸦无意绪，晓来清露有啼痕。
萧条万缕城头路，寂寞十围江上村。
玉关哀怨知多少，羌笛朔管总难论。

秋城千里正飞霜，余姿寒日映澄塘。
红楼人去留重院，黄梁梦断锁空箱。
婆娑自是关离聚，飘零谁复觅侯王。
翦翦西风如有意，不应来入永丰坊。

连日赢得露满衣，汉南春色迥然非。
枝上柳绵吹又尽，堂前燕子见应稀。
莫共斜阳临水落，宁从孤雁逆风飞。
过了寒节花事近，休怪江潭意绪违。

昔人曩树总相怜，种就依依欲作烟。
更怀门外萧郎马，不见风中谢女绵。
六朝回首空往事，三春屈指又他年。
却道天凉秋正好，数枝清影驿桥边。

[2017.9]

漫成三首

怅对朱弦夙愿违，万古知音若许稀。
寻芳泗水谁能会，待雨巫山只自知。
愿作浮云遗世去，好从明月背人归。
红尘拂面终须染，悔向功名辩是非。

新词如绮事如烟，枉羡沙鸥归去闲。
红妆照夜心无矣，霜翰临秋意惘然。
自有文章传盛日，无须弦柱怨华年。
新寒雨后西风起，何时倚剑白云天。

谁怨华年锦瑟歌，今古幽情奈我何。
独坐玉堂明月近，相望红楼冷雨隔。
倚剑不堪秋寂历，驱车无奈日蹉跎。
一江流水何年尽，较彼新愁孰更多？

［2017.9］

浣溪沙 桂花

别样鲜妍望里宜，深红浅碧不同时。金黄数点缀琼枝。　　风中阑槛香先满，月里山河影乍低。素娥心事尔应知。

［2017.9］

杂感

飘零歧路素心违，宛转新词酒一杯。
俱爱东邻承巧笑，谁怜空谷聚蛾眉。
安知天上无今古，岂料人间有是非。
无端忽闻啼杜宇，唤得春归尔不归。

[2017.9]

中秋

千里中秋夕，历历古今同。
饼制团团月，人依翦翦风。
卷掩华灯起，轩开浅汉横。
只用乘兴发，何须待墨浓。
题辞皆从感，拟景偶因情。
良夜游闲砌，清宵步广庭。
风短摇丹桂，天高倚碧桐。
元无酒为伴，却有月来迎。
宇宙晴光满，乾坤素魄盈。
河山缥缈外，宫阙有无中。
可奈离尘恨，徒闻捣药声。
白兔合孤绝，碧海锁玲珑。
悠悠经永巷，脉脉映层城。

二八婵媛好，三五华彩明。
往岁悲离合，今夕现阴晴。
江水何年尽？世代几时穷？
隔斗参商宿，连河牛女星。
西楼木初下，南柯鹊乍惊。
牵萦愁薜荔，摇落泣芙蓉。
霰树栖孤凤，烟草叹寒蛩。
平湖两行雁，低墙数点萤。
露圃滋新菌，霜桥泊老枫。
皎皎辉长没，苍苍晕自生。
独影临八月，残轮黯五更。
鸣幽空涧鸟，声杳丽谯钟。
半下融曲水，才斜媚远空。
碧纹针暗度，圆顶线深缝。
竹径接寒绿，花房葬落红。
驱车古原寂，搴舟细浪轻。
破曙千乌散，知秋一叶征。
高情昭日白，奇意郁霞青。
瑶台晖几丈，蓬山色万重。

佳节能再会，明月易相逢。

长志托燕缶，微怨寄吴筝。

沧洲堪笑傲，落笔看诗成。

[2017.9]

对月

素娥心事欲知难，不耐青天碧海寒。

春水孤生中夜皎，秋堤倦倚晓来残。

轮驰瀚海连绝域，影度江楼近画栏。

离合悲欢终有定，无须痴意望君圆。

［2017.9］

秋至

秋江万里鉴秋花，秋雨因风入望斜。
白云自合无根蒂，沧海应知有岁华。
缈缈霞城朝乘步，历历星河夜泛槎。
几时得访名山去，一书一剑到天涯！

[2017.10]

古意

靡芜山上采，百里送斜晖。

凝睇应借问，离人胡不归？

[2017.10]

秋江辞

露未晞，波自远。秋水湄，烟色敛。蒹葭丛，深复浅。欲搴舟，奈岁晚。渺余怀，风似剪。有一人，独宛转。

斯人立兮水中流，远影亭亭照素秋。雨锁薜萝山有木，霜打芙蓉江有洲。木有枝，罥我意；洲有波，动我思。幽思深意为谁起，相望裴回千万里。

江湖鸥鹭去闲闲，宁为载得机心去。帆樯暮，潇潇雨。隔江斜，因风举。霜禽蓦来欲通语，殷勤和我阳春曲。

［2017. 10］

调笑令 对桃花

春色，春色，依旧红尘紫陌。谁念前度刘郎，归去来兮断肠。肠断，肠断，无觅当时人面。

［2017.10］

少年游

十里斑骓空蹀躞，飘零问剑书。韦编未绝，冰弦已断，愁绝弄影孤。　　匝地风阴八月乱，杯酒抵江湖。古道残阳，寒窗凉月，于我意何如？

[2017.10]

蝶恋花

暮春桃李辞芳树。洛阳城东，万点无从数。洛阳女儿年十五，太息颜色争如许。　　东君不作繁华主。落花风前，俯仰成今古。千秋松柏终尘土，寄言少壮应惜取。

[2017.10]

更漏子

海纳川，驹过隙，万事而今已矣。名未立，志难休，萧骚几度秋。　　风云歌，尘土梦，烟树何枝栖凤。高堂上，酒杯干，拚得此日欢。

[2017.10]

长志吟

兴亡朝与暮，沧海几为田？
终古游侠多年少，长安大道若青天。
举杯方尽新丰酒，挟弹更落杜陵鸢。
谁念松柏会当朽，自惜桃李片时妍。
豪雄意气为君饮，长醉旗亭不愿还。
下马入旗亭，秋阴匝地生。
苍茫云岁暮，能使客心惊。
无边夕照连穷巷，谁教衰兰管送迎？
人间南北多歧路，宁挂云帆济海行。
君不见，成王败寇尽东流，铁马秋风几度愁。
北邙山下黄埃乱，昔日衣冠已废丘。
恨血千年空自碧，江山何处淬吴钩。
信是思量错，飞光逝兮不可辍。

苦恨岁华去已多，几回明镜伤颜色。

太行雪满迥难行，黄河冰塞安能越！

高咏乍将天雨惊，短歌暗令琼壶缺。

拣枝裴回那得栖，临风太息将焉歇。

岂更驻马立斜阳，还当拂剑舞秋月。

尘暗匣琴夙愿违，故园合是雪霏霏。

绝塞转蓬应百里，高城古木已十围。

长啸吟梁甫，悠思怀采薇。

怅望青冥外，风云会有时。

彩凤不鸣众禽里，何求知我二三子。

且就眼前浊酒杯，寂寞休论身后事。

千秋屈指少闲人，惟有函关开复闭。

燕赵纵悲歌，慷慨一击缶。

布衣竟何成，车如鸡栖马如狗。

当今谁可挽山河？谈笑试看缚虎手。

[2017.10]

秋赋

秋节至，秋风惊，秋阴乱，秋景生。昔宋玉有云："悲哉秋之为气也，萧瑟兮草木摇落而变衰。憭栗兮若在远行，登山临水兮送将归。"良有以也。

烟封敻野，雾列平冈。惨悴时昏，已感金乌西匿；苍茫岁暮，复悲白雁南翔。郁浮云之寡色，黯天景之无光。杨柳则凭风夺意，芙蓉则照水回肠。佳人俱弃离宫扇，客子独临侯绾窗。视凝釭既短，思修夜难畅。

悲风异响，骚骚竟度。嗟尔断鸿，奚失归路？昔有庾郎，籍思《枯树》。今我疚怀，纡轸谁诉？鹊依南柯，蝉唱西陆。远行连峦，登高平楚。不闻台室之清悬，徒聆林樾之急杵。

清霜过后井梧残，白露晞时岸苇寒。冉冉物华既零落，悁悁愊忆复何言？

山苍苍兮入汉，风萧萧兮渡河。少妇怨回文之锦，征人悲出塞之歌。欲致缄素嗟奚及，思寄寒衣奈远何！是以凝思寂立，伤心断魂，愿为关月，流影随君。

于时月在东方，扬采增华，流天匝地；荡荡冰轮，凌凌霜气。继而感焉，遂骋望千里，挟瑟而歌曰：“千龄兮万代，寂寥兮逢秋。春日迟迟终可至，无须长赋强说愁。”

[2017.10]

逢秋

悲莫逢秋意寂寥，登山临水黯魂销。
欲从溯洄嗟道阻，思登崇岫畏途高。

［2017.11］

望海潮

烟霞易暮，霜天难晓，休违此意陶陶。古木连城，苍藤乱牖，谁慰十围寂寥？西北望中遥。有浮云如盖，与雁同高。长志微情，正抵菊前酒一瓢。　　觉来万事劬劳。把吴钩独看，琼壶累敲。今古相接，乾坤共远，问君何事重鸿毛？幽愤等江潮。美眠沙鸥鹭，唱晚渔樵。悲莫悲兮，元龙无复少时豪。

［2017.11］

齐天乐 蝉

秋风几换人间世，重到萧条西陆。凭寒易衰，居高难饱，忍向别枝孤贮。朝朝暮暮。劳断续凄吟，相警几度。玄鬓青丝，怪兹颜色争如许。　长亭初歇骤雨。正余音沉响，欲休还诉。汉苑伤芜，齐宫怅月，别有断肠千古。阑珊莫汝。甚漫野霜红，难寻蜕羽？此生赢得，槐薰歌浩曲。

[2017.11]

念奴娇

用东坡赤壁韵

悲歌抚剑，问杜康卮酒，能销何物？举头西北浮云起，高蹑倚天青壁。不管寂寥，故人几负，寒夜山阴雪。乾坤若许，焉能容此奇杰！　　思量盖世功名，到头来为底，乌骓不发？琐琐余子安足道，会使身名俱灭。封侯事了，便可乘风去，扁舟散发。相看好处，今夕惟有明月。

［2017.11］

贺新郎

种柳今如此。问平生，相接万古，几人曾会？年年跃马长安市，自负凌云健笔。为君饮、少豪意气。休遣只身长寂寞，倚高寒、姮娥人不识。极目断，海天碧。　　肯洒世间儿女泪！顾苍茫、凭谁问取，当今强对？浮名身后知何处，醉看吴钩悬壁。千秋事、论功而已。黄鹤飞载前杰去，剩江山犹作争雄势。思我辈，当鹊起。

[2017.11]

清平乐

人间日夜，奈此江河下。万古丛台歌舞罢，一片伤心难画。　　去年燕子谁家，今年燕子天涯。镜里朱颜如许，销得几度飞花？

[2017.11]

摸鱼儿 桃花

恨世间、平章看取，都惯作风尘物。今古几人惜艳色，直教飘零尘土。天应语。奈何许、盈盈十里烟霞举。兴亡谁主？想瑶草徒芳，深苔自碧，早为蛾眉误。　　今春事，赢得沾衣满目，相忆刘郎前度。试招魂向三更立，却恐风狂雨妒。君莫诉，君不见，仙源难辨来时路？红颜良苦。未可嫁东风，与君指点，还寻避秦处。

［2017.11］

满江红

欻翕人生，云何不调笙鼓瑟。遣谁听，阳春一曲，泠然清绝。已是悁悁悲寂寞，萧条况复秋时节。徒醉吟风雨泣三更，琼壶缺。　知我者，江畔月。壮我者，潮头雪。想婵娟可语，秋水遥隔。天长休认池中物，岁晚方识霜下杰。叹红尘，昨日为主人，今为客。

［2017.11］

江城子

城上清秋倚断魂，倩何人，共登临？千古兴亡，赢得泪满襟。等闲销尽英雄气，愁难遣，酒聊斟。　　俯仰繁华迹已陈，舟人云，伪耶真？麋鹿荒台，霸业渺难寻。举杯还向青天问，天无语，又黄昏。

[2017.11]

菩萨蛮 梅

霜禽欲下先偷目，和靖空有飘零句。竹外一枝斜，空谷此为家。　　知心惟有月，忍向黄昏落。幽怀宁肯传，众芳难与言。

［2017.11］

如梦令

城上清秋万里，楼外夕阳垂地。征鸿字字愁，解道登临此意。凝睇，凝睇，武陵人杳波碧。

［2017.11］

生查子

明月故多情，来照金樽里，人生复几何，盈缺浑未已。　　俯叹逝川行，仰羡浮云起。此意若悠然，处处桃花水。

［2017.11］

水调歌头

我本红尘客，逆旅若为情。眼前杯酒，区区何似身后名。畴昔一度清夜，忽梦登天寥阔，日月耀青冥。欲问今何夕，舒啸浩风惊。　　复叹曰："人间事，泰山轻。江流若此，当今谁是万人英？"如使鸿鹄一举，睹山川之纡曲，遗恨会当平。觉来枕席在，晓色恰新晴。

[2017.11]

八声甘州

望苍苍秋水隐芙蓉，白沙鸥鹭飞。正翠微色畔，沧浪声里，迢递斜晖。敢问渔郎樵子，谈笑几时回？且就一壶酒，相对忘机。　　莫问昔人何处，向来歌舞地，烟冷乌啼。算红尘自古，相接眼中稀。思乘风、从君归去，奈填柩俗物遣心违。何所愿：青山长在，流水长随。

[2017.11]

水调歌头

汉家陵阙在，萧瑟动高秋。我来吊古，赢得斜阳独倚楼。予怀青天尚解，此意苍波犹壮，幽愤会须休。明月何皎皎，今夕几人愁？　想微躯，浮名外，复何求？自是人生长恨，滚滚水长流。纵使横戈跃马，了却封侯万户，冉冉又白头。世事只如此，凭君决去留。

[2017.12]

遣怀

把酒重歌《金缕衣》，兴亡散作暮云飞。

不堪浮世人情改，岂遣劳生意绪违。

全无半点高明略，空有千言绝妙辞。

多谢东风相厚意，昔年种柳尚依依。

[2017.12]

虞美人

姑苏台上乌啼晓，万古歌弦悄。江山磨灭几英雄，漫余悠悠霜月与今同。　　无人独坐幽篁下，讵若能走马。欲向功名问是非，笑我人生少壮复何为？

［2017.12］

丁酉年

（2018年　14岁）

念奴娇

形眠神放，瞰红尘今古，眼空无物。人传沧海扬尘起，故峙青山如壁。梓泽萧然，兰亭已矣，春尽花成雪。天寒岁晚，方识霜下三杰。　　我志万里图南，北冥浩阔，时待乘风发。安得鲁阳戈驻景，令彼斜晖兴灭。一笑平章，人生自古，无有长青发。周游寥廓，只手更挟明月。

［2018.1］

自君之出矣

其一

自君之出矣，独坐怅芳菲。
思君如杨柳，何处不依依。

其二

自君之出矣，尘暗秦筝柱。
思君如马蹄，欲共辽西去。

其三

自君之出矣，凭断最高楼。
思君如风雨，撩乱几时休。

其四

自君之出矣，朝暮若为情。

思君如皓月，恒向玉关明。

其五

自君之出矣，千行玉箸垂。

思君如绛蜡，寸念总成灰。

［2018.1］

菩萨蛮

层城一夜悲笳急，数峰耿耿秋河立。晓上望乡台，穷阴闭未开。　　思君如风雨，来去无凭据。惆怅问姮娥，红颜余几多。

［2018.2］

暮春行

闻道洛城春已归，人间何处觅芳菲？
谁家女儿惜春暮，徒把垂杨挽落晖。
路旁桃李今如此，伊昔鲜妍白日里。
低昂本因春色生，婆娑又为春风起。
人生奄忽陌上尘，世事飘零酒一樽。
岁岁发花非故朵，年年来者异昔人。
纵使明年春又至，迥然何似去年春！
君不见桑田碧海本无主，古人望断无寻处。
意气豪雄能几时？会须一旦委朝露。
王乔松子岂堪凭？可怜总为神仙误。
昭昭日月自回还，杳杳春秋其代序。
纵观世代无绝期，人生至此原非促。
人生相迭能再晨，吾生一逝即长暮。

人去人来不可留，花落花开了未休。

莫谓千秋本一瞬，誓将一瞬作千秋。

也曾耿耿临风立，遥看江河万古流。

北冥寥廓近于天，扶摇万里好图南。

算来沧海风波恶，未抵人间行路难。

春光春色独宛转，高吟未惬平生愿。

盛年一去几时回？朱弦尽夜空相怨。

身后何人酹月明？眇眇为予生浩叹。

[2018.3.5]

无题二首

曾羡人间富贵花，强于白雪断天涯。
徘徊南浦合相忆，惆怅东风胜自嗟。
神女峰前谒云雨，丽人岩畔访烟霞。
古来多少繁华地，依旧黄昏送日斜。

沧桑陵谷有穷时，乌衣燕子去何之？
祇今青史文犹在，昔日红尘愿已违。
欲化蝴蝶托梦聚，誓随杜宇绕魂飞。
相隔萧条嗟异代，秋月春花两不知。

[2018.3]

春至

自从燕草如丝后，又是吴花胜雪时。

太息颜色非长久，华年若此去何之?

[2018.3]

明妃曲

黄云蔽千里，朔漠何辽哉！
今为出塞曲，悠悠独怆怀。
昔怨长门赋，纡轸亦难裁。
几多薄命依图画，念彼桃李深宫诚可哀。
别后愁蛾恒向月，琵琶数载将焉歇。
之子泣兮回雪前，罹兹苦寒思欲绝。
当日林花落，远上断肠天。
一自胡沙起，憔悴不成妍。
关山杳无极，斯人殊未还。
青冢茫茫历几春，霍卫功名忍细论。
终古婵娟轻作器，两地谁曾重此身？
人生漂泊何所望？魂归直欲返荆门。

［2018.7.10］

杂诗（其一）

忧思忽而至，翘首慕回风。
乍起摇庭蕙，萧瑟若为情。
吁嗟此孤子，六合应不容。
皇穹者何故，弗照予精诚。
可怜今夕月，皎皎向谁明？
夜游当秉烛，岁晏遣人惊。
骋目万里余，怀抱独纵横。
临逵竦长剑，天下会须平。

[2018.7.23]

杂诗（其二）

古原多悲风，秋阴蔽千顷。
拔剑瞻四方，蹩躠靡所骋。
我心怆以凄，此意其谁省。
少壮竟何为，功名同断梗。
把盏劝飞光，挥戈驻天景。
直念古者言，日暮烛当秉。

［2018. 8. 14］

杂诗（其三）

长剑倚天外，驰光照碧空。

羲和不我与，遗恨古今同。

临歧嗟日暮，忧心忽如酲。

昆冈安可陟，八骏逝逐风。

何有双鸿鹄，迢递度云中。

谁能同羽化，千里一相从？

［2018.8.18］

咏怀

中心何浩荡，骋望凌高台。
天末清风起，吹予舞袖回。

［2018.8.18］

天上吟

鼓瑟吹竽值几春，人传东海复扬尘。

独不见羲娥代御无穷已，徒戚岁往费沉吟。

况我秋风客，百年长苦辛。

昔乘骐骥游八极，玄云竟日相迢递。

历昆仑兮略衡湘，折若木兮攀扶桑，

梦之钧天兮安翱翔。

揽明月以自鉴，集虹霓以为裳。

缀星辰以华予，分云汉以成章。

终古长无绝，昭昭烂未央。

俄而清风至，举袂飘然来帝旁。

帝燕我兮瑶之圃，结琼芳兮将赐汝。

蕙肴蒸兮椒桂浆，衔予觞兮召玉女。

箫鼓陈兮动四荒，应律节兮醉起舞。

众灵降兮纷纷如雨。

五岳崩摧兮列缺惊，三江翻覆兮飞廉怒。

杳冥冥兮吾归何处？

延伫兮遥望，见九点之齐烟。

浊世恍惚甚，俯仰已千年。

去留不能决，中心如旆悬。

人莫知其忧，皆谓我何求？

昼则愁青冥之浩荡，夜则怨银浦之徂流。

七夕不我与，须臾易九秋。

驰骛追逐何所欲？聊用长歌怀旧游。

[2018.8.30]

浩歌

北风凉，雨雪雱。人间千里夜何央。

珠为殿兮玉为堂，聊作瑟兮且行觞。

忧思集兮断人肠，独沉吟兮不敢忘。

昔我远游时，朱华茂未晞。

仓庚振其羽，熠耀有余晖。

曲池扬渌波，嘉木正参差。

中心如宿酲，日暮竟何之？

若有人兮思太玄，烦忧旦夕苦相煎。

乃秣予马于华山之上，膏吾车于幽谷之间。

荒忽兮何望，观石濑之潺湲。

寻羽客兮不遇，倚乔松兮累叹。

采三秀兮焉及，畏巉绝兮攀援。

聊游心于八极兮，寄所思乎昆山。

驾青虬而南征兮，令飘风其我先。

左汗漫而无仪，右峥嵘而无边。

裳杂玄圃之云气，纕结苍梧之愁烟。

召冯夷而见之兮，为余伐鼓其阗阗。

偃蹇兮御龙，撰余辔兮上征。

使丰隆兮前导，令黔嬴兮后从。

举曼衍之孔盖，建陆离之翠旍。

溘高驰以安翔兮，抚彗星于穹窿。

邈吾道其多艰兮，将求索以经营。

竦长铗以敌天狼兮，彼其终不可乎吾凌。

余既携桂醑之郁烈兮，又援北斗以为兕觥。

恐天时之代序兮，命羲和以倒行。

美予饰之修姱兮，惟佳人之永都。

及予颜之方佚兮，日周游以康娱。

夫瑶姬之峨峨兮，思程式而莫如。

羌宓妃之要眇兮，伫中流而慕予。

聊容与兮逍遥，回余车兮江皋。

步芳洲而游目兮，心思荃以多劳。

哀内情之孤介兮，不知我者，谓我罔极也骄。

夫何九州之博大，不容鹪鹩于故巢。

道既不可乎骤得，将终吾生以飘飖。

谓彼流宕之转蓬，强于羁縻之系匏。

悼此生之长勤，蓄怨苦之莫陈。

马玄黄而不进兮，嗟三陟之艰屯。

潄凝霜之孤洁兮，思青女与相亲。

栖明月之清虚兮，愿姮娥为比邻。

心於邑兮不可止，惜世网兮婴余身。

凤胡为乎在樊笼？夔胡为乎处风尘？

酌彼金罍，莫知我悲。

日月其迈，寤寐何为！

冉冉岁既晏，去去不能追。

聊恬逸兮终朝，对青山兮憺忘归。

[2018.10]

后记：为有源头活水来

——附《瑶华集》之后

2004年的3月，冬季的严寒渐渐消退，春日的暖意愈来愈浓，在这个月的23日，我们迎来了女儿张坤元的出生。

经历了春暖花开、荷香满塘，再到秋尽寒来、梅花傲雪，随着女儿元元一天天的长大，女儿对外面世界的探索和认知也在不断增加。从“爸爸”“妈妈”的简单稚嫩发音到连成句子的表达，孩子每一天的进步都让我们欣喜不已。她说话较早，十一个月已经会用各种单音清楚地说出各种称谓，指认物体，表达想法，发音极其清晰。女儿学语过程中，我教她唱些歌曲，背些儿歌，有时也会背些古诗给她听，没想到她十分爱听，每次为她背古诗，她就睁大乌黑明亮的双眸认真倾听——诗的韵律使她听我念诗如同听我唱歌一样美妙动听。看她如此兴致盎然，我也乐意为她一遍一遍地重复。就这样，她在一到两岁之间，除了学会大量的歌曲、儿歌之外，还背了四五十首古诗。

系统地教女儿背诵，始于她三岁时。先教她背《三字经》《千字文》。这两篇背完之后，我去书店买了一本《千家诗》，青少版的，里面的诗不太全，大概有一百多首。我制定出一个背诵计划，每天背一首或两首，从不间断。背完之后，我又教她背《唐诗三百首》及其他一些名诗，有的诗较长，如《梦游天姥吟留别》《将进酒》《春江花月夜》《琵琶行》《蜀道难》等，用的时间相对较多。每学完几十首便从头复习一下，因此她记得非常牢固。两年的时间，女儿背了几百首诗。

在背诗的过程中，我几乎不为她讲诗，有时最多只作寥寥数语的说明。我曾以为，以孩子的年龄根本理解不了诗的内涵，但后来我发现孩子也有孩子的诗境。记得那段大量背诗的时光，一次经过碧波荡漾的东风渠，女儿指着河水问我“这是不是‘下有渌水之波澜’”；形容一位阿姨漂亮，她就说“太漂亮了,比‘卷上珠帘总不如’还漂亮”；女儿喜欢画画，一次她画了一条弯弯曲曲的山路，一个小女孩背着书包往上爬，山上有一个小房子，她告诉我这是“深柳读书堂”。在读诗的时光里，孩子总能时不时给我一些惊喜，这些惊喜，就来自孩子内心深处对诗歌的自我理解。

女儿后来说，她当时背诗的时候已经有了自己较为偏爱的诗，她偏爱和自己趣味相投的诗，而且这种趣味是与生俱来的。比如她四岁的时候背《春江花月夜》，她说当时背的时候，就很享受；到现在为止，这首诗也仍是她最喜爱的诗。

女儿五岁时，开始系统地背诵古文经典。从《道德经》《大学》《中庸》《论语》《孟子》《庄子》，到《楚辞》《诗经》《古文观止》，这些经典已不像诗歌一样朗朗上口，有些内容还相当艰涩，背诵难度很大。和三岁时背诗歌不同，对经典的背诵是通过指读的方式来完成的，也就是一个字一个字指着读，不断的重复，最终记忆下来。刚开始指读的时候需要专门陪着她，逐字指着领读，后来入路了，她便自己跟着录音指读。这种方法，使她的背诵速度大大加快。随着记忆内容的增加，文中反复出现的字也慢慢认识了。这样的经典背诵一直坚持到十二三岁。每天如此，甚至在除夕、大年初一也没有间断。通过大量的经典背诵，女儿认识了大量的汉字。更重要的是，她在不知不觉中受到了古典文学的熏陶，这为后来的广泛阅读奠定了基础。

背诵经典期间，因为需要大量的时间保证，诗歌的背诵一度中断。当时她口中时常随意而出、朗朗上口的诗句突然中断不说了。她不像以前背诗时那样，经常借题发挥、出口成章，看起来没怎么进步，似乎还是一种退步。

但是我觉得读经典是厚积薄发的，她只是在吸收酝酿，我在以后女儿的成长中也越来越能体会到。

即使是背这些晦涩的篇章时，女儿也不像我最初想的那样，只是机械地背，完全没有自己的想法，她背诵这些经典和小时背诵诗歌一样有自己的偏好。我以为《庄子》晦涩难懂，很不好背。但女儿后来说，她当时背《庄子》的时候从来没背烦过，《庄子》和她的情趣非常契合。背《离骚》的时候,她也极其享受背书的过程。后来背《诗经》，她极喜欢背诗意的“国风”，而在背“颂”部分的时候就需要我鼓励了。一个人早期喜爱的书的性质大致显示了他的精神类型，预示了他后来精神生活的走向。就这样整本《诗经》，一共305篇，一字不差全都背会了。她一共背诵了大约20万字的古典文学经典作品，已经非常适应熟悉古典文学，文学素养在不知不觉中得到提高。

对长篇小说的阅读始于女儿八岁，中国的四大名著自然在阅读之列。她先看的是《西游记》，在看《西游记》同时，她编了一篇牡丹仙子的神话，每天写一段，居然洋洋洒洒写了满满五张A4纸：

只见一朵白云从天而降，上面站着一位端庄秀丽的女子。正是那，肌肤若冰雪，绰约若处子。不食五穀，吸风饮露。乘云气，骑日月，而游乎四海之外。其神凝，使物不疵疠而年穀熟。

她二话不说，马上过去十字路口，踏上了出去的路。景色真是太美了，看得她如醉如痴。小树比刚才更加挺拔，花朵比刚才更加鲜艳，青草比刚才更加葱翠，小朋友比刚才笑得更欢。

……

不知不觉，她走出了密林。她沿着小径看着风景，呵，花香阵阵，微风习习，天空一碧如洗，万里无云，湖水也漾起了一道道波纹。她早把那刚才不愉快的事情忘得一干二净。

……

根本不是房子，是花园！中间有个亭子，上面写着“牡丹亭”三个大字。亭子外有一圈牡丹花，所以叫牡丹亭。这个花园不是种的牡丹，是撒的牡丹花瓣，厚厚的两层，下边一层是淡红色，上面是白色，远远望去，如同一个白色的沙滩。牡丹仙子走到牡丹花前，举起拂尘在花上轻轻一摆，花瓣纷纷落下。怪！落下的花瓣变成了两千个小人儿！她们是那样细小透明，虚无缥缈。她们一见是牡丹仙子，都顿首礼拜，说：

“花王有甚事，为何来此？”仙子说：“你等一半去看守竹林，一半跟我来。”看守竹林的说：“那我等去也！”那些小人儿到了竹林。稀奇，稀奇，真稀奇！林内又来二仙女，手提花篮真袅娜，说说笑笑还欢喜。那些小人儿飞飘到仙女跟前。

……

说毕，对小玉回眸一笑。噫！好美的女子，真是那回眸一笑百媚生啊！她那优美的姿态，轻盈的步伐，非用笔墨能形容出来的。

这都是她八岁时写的文字，有些是《庄子·逍遥游》里的辞句。这篇长长的神话，虽然情节不太连贯，故事发展也不太合乎逻辑，但是我仍然感到了其中蕴含的文学天赋：首先是她写作时非常放得开，再有是她在书中看到好的句子就会加以运用，很有学以致用的能力。

同一时期，她还模仿《西游记》里描写女妖的语言，写了一首又一首我称之为的“美女诗”的诗：

丽人笑，挽青丝，冰肌玉质施胭脂。
朱唇皓齿倾城色，黛眉明眸比花质。
赛楚女，胜西子，柳腰桃腮娇媚姿。

蕙性纨心品德清，翠袖低垂笼玉指。

眉似烟柳，目如水杏。

唇若樱桃，齿赛瓠犀。

似：月里嫦娥出广寒！

如：天上仙娃下灵霄！

这时，在阅读古典文学经典作品和大量阅读的基础上，又开始了对诗歌的学习。女儿小时背过的启蒙读物《笠翁对韵》和《声律启蒙》对她启发非常大，对她以后学诗起了很大作用。我们生活在一个中文的环境里，整天接触中文，可能不会注意一个成语、一句诗、一副对联里面的音义对仗的和谐之美。但是读过《笠翁对韵》和《声律启蒙》的孩子就不一样了，他们似乎通过这两本书直接感受到了汉语语言美的精髓。

这次诵读诗歌是按照《红楼梦》里黛玉教香菱学诗的方法，先读《王维诗选》《杜甫诗选》《李白诗选》及魏晋南北朝不同朝代诗人的诗集。开始，我让她自己读《王维诗选》，但她对一个人读诗好像兴趣不大，读不下去，我便和她一起读。在这期间，她已经看完了《西游记》，原本计划让她看《水浒传》，但她已经按捺不住对《红楼梦》

的兴趣，先捧着《红楼梦》看起来。这时她已读完了《王维诗选》。我注意到读诗的孩子和一般人阅读方法不同。我当年看《红楼梦》的时候只关注小说情节，小说中的大量诗词只略扫几眼就跳过去了。而女儿在看这部小说的时候，最感兴趣的是里面的诗，再关注故事情节。《红楼梦》里面几乎所有的诗她都在反复阅读、反复品味中背了下来，这时她开始写诗了，诗风非常像《红楼梦》里的诗，这时女儿十岁。

读《杜甫诗选》的时候，她喜欢看杜甫晚年的七律，这段时间她写了不少七律，能看出很受杜诗的影响。我和她一起读完《杜甫诗选》后，《李白诗选》看了一部分，她看诗就完全不用我陪了，很喜欢一个人静静地品诗。

女儿写诗的巨大热情也好像突然被激发了，从背诗，到读诗，再到写诗，表面上自然而然的一个过程，其实是背后漫长的积累。女儿写诗的狂热，大概持续了一年多。初写诗主要是以咏物为主，咏梅、兰、竹、菊，咏松、桂、牡丹、海棠，咏春、夏、秋、冬，咏风、花、雪、月，甚至《红楼梦》里的人物也成为她题咏的对象。但接着写诗进入了瓶颈期，她似乎觉得没什么可写的，写不下去了。在小学六年级将近一年的时间里，似乎只写了《咏月》一首诗。

当女儿写诗处在停顿期，她把绝大部分时间都用在阅读上了。当时每次带她去书店，她爱在那儿翻阅各种各样的《红楼梦》评论，后来她看到了一套中国各朝代的诗词鉴赏辞典，她一下就迷上这套书了，经常看到书店下班时间也不想离开。为了阅读方便，我在网上给女儿买了《唐诗鉴赏辞典》，后来随着她阅读兴趣的扩展，又买了《宋词鉴赏辞典》《宋诗鉴赏辞典》《汉魏六朝诗鉴赏辞典》《元明清诗鉴赏词典》《古代小品文鉴赏辞典》《古文鉴赏辞典》，最后又买了《先秦诗鉴赏辞典》。每次快递的书一到，女儿都兴奋异常，总要先睹为快。她是那么入迷，把周围的一切都给忘了，似乎天地之间只有她和书的存在了。她看诗的速度非常快，我们俩同时读诗，我还没看完第一句，她已经把整首诗看完了。这段时间，有了诗词鉴赏辞典的陪伴，女儿的诗词阅读量陡增，在万首之上。

她看诗的时候不太爱看后面的赏析部分，只喜欢品味琢磨原诗，即使是这首诗没有完全理解，但是丝毫没有影响她读诗的兴趣，阅读的品味也在这期间形成了。当她跟我评论某位诗人或者是某一首诗的时候，完全是建立在她自己阅读的理解之上。通常情况下，我们对诗和诗人的理解完全来自教科书和老师的讲解。而女儿评诗常使我耳目一新，她的独到见解经常使我由衷地赞叹，我也重新认识和发现了许多诗人。在和她的交流中，我常感到受益匪浅，常会有一种获得新知的充实与激情。

升入初中之后，学习压力陡然加大，但她总是找尽一切机会去看诗，此时读诗、写诗已经成为她排解学业压力、抒发情感的方式，长时间的阅读积累又一下子释放出来，转化成了创作的欲望，女儿的创作激情重新迸发出来。其中有一首歌体《秋月篇》，就是在她一次考试之后完成的。学校上午考试，下午放了半天假，女儿在没有任何压力的情况下痛痛快快地写了一下午。还有一首《宛转篇》比较长，七十多句，是她每天中午写几句、晚上写几句，一共用了四天时间写完的。女儿这时候写的诗题材越来越宽，已经不局限于咏物了，她已经在用诗抒发情感，诗真正融进了她的生命。

现在，当女儿回过头来再看《红楼梦》中香菱学诗，她由衷地感到，黛玉教香菱学诗，只是让香菱先看唐诗再看前朝陶渊明、应玚、谢灵运、阮籍、庾信、鲍照等人的诗，这些诗人最早也就是到东汉时期，其实学诗还应该再往前追溯到《诗经》和《楚辞》；因为这是诗的源头，只有读了《诗经》和《楚辞》，写出来的诗才会有古意。女儿曾经非常羡慕《红楼梦》里的结诗社、赛诗，由于生活中缺少同龄诗友，罕见和她共同谈诗的同伴，一个人写诗未免孤独。但是后来，女儿对诗有了新的领悟：写诗是为了抒发情感，应有感而发。若是像《红楼梦》诗社里那样限题、限时来斗诗，则较为限制人，或者使诗沦为一种卖弄诗技、伤于雕琢的文字游戏。

诵读古典文学经典作品和诗的同时，她又自发地看了宋词、元曲，如《牡丹亭》《西厢记》《桃花扇》《窦娥冤》《长生殿》，诸多散曲以及《世说新语》《聊斋志异》等古典文言小说和各种古代白话小说，还有各种文学评论，如《文心雕龙》《诗品》《人间词话》等，后来上了中学，又对着注释把《论语》《孟子》《庄子》《道德经》《韩非子》《墨子》《传习录》等基本上都看了一遍。因为有了比较高的文学品位，她喜欢优美典雅、思想深刻的文字，对那种肤浅庸俗的东西本能地起了排斥，我不需要跟她说不要看这个，不要看那个，她自己已经看不进去那些浅俗无聊的东西了。

她在这种心态下看外国文学，也更能领略到外国文学的精华。她一心要看外国原著。我觉得她的英语词汇量不够多，建议她先看简缩版或者是相对简单的童书，但她对我说："你不知道，我就是喜欢难的。"她选择看英文小说《了不起的盖茨比》，刚开始每页都要查很多单词，看得非常慢。我想很多人遇到这种情况就会放弃，或是转而看稍微简单些的，但她从未有过这种念头，觉得大不了多查几个单词，没什么难的。她居然把整本书看完了，而且还连看了五遍。我想一个原因是她先天做事情比较投入，还有一个原因是她从小读的古典文学比较艰涩，在诵读那些晦涩枯燥，却又不失典雅优美的文字中，她已经适应了不太轻松的学习，智力得到了开发，学习能力得到了提升。

今作为记录女儿成长足迹的诗集——《瑶华集》就要出版了，这本诗集记录了她成长中的一个阶段，她的路还很漫长。孔子云："吾十有五而志于学。"女儿即将到志学之年，她早已经决定将自己的人生和文学紧密联系在一起。在她眼中，文学是最值得她毕生追求的事情。不仅仅是诗，还有其他更多的文学形式，比如小说，值得她全身心地书写。她立志将来写严肃文学。

《瑶华集》的出版得益于作家出版社的宋辰辰老师，感谢宋辰辰老师的欣然推荐和修改建议；感谢孙学士老师，他是在女儿10岁时第一个为她发表诗词的人；感谢樊希安先生与孔令更先生，在百忙之中欣然作序；感谢闫玲老师、孙英伟老师、李钧老师、周鑫老师以及陪伴女儿成长的所有老师；还要感谢我的父母对我们的支持和关爱，正是有了你们的鼓励、帮助和指导，她的脚步才日益坚实。

“问渠那得清如许，为有源头活水来”。希望女儿在未来人生的路途上，走出更加坚实的每一步。

张坤元的妈妈

2019年1月16日

图书在版编目（CIP）数据

瑶华集 / 张坤元著. -- 北京：作家出版社，2019. 7
ISBN 978-7-5212-0551-0

Ⅰ. ①瑶… Ⅱ. ①张… Ⅲ. ①诗词 - 作品集 - 中国 - 当代 Ⅳ. ①I227

中国版本图书馆CIP数据核字（2019）第093223号

瑶华集

作　　者： 张坤元
责任编辑： 宋辰辰
装帧设计： 老　左
出版发行： 作家出版社有限公司
社　　址： 北京农展馆南里10号　　**邮　　编：** 100125
电话传真： 86-10-65067186（发行中心及邮购部）
86-10-65004079（总编室）
E-mail:zuojia@zuojia.net.cn
http://www.zuojiachubanshe.com
印　　刷： 中煤（北京）印务有限公司
成品尺寸： 145×210
字　　数： 76千
印　　张： 7.875　　**插　　页：** 4
版　　次： 2019年8月第1版
印　　次： 2019年8月第1次印刷
ISBN　978-7-5212-0551-0
定　　价： 36. 00元